死神先生

音はつき

STARTS
スターツ出版株式会社

人間は、後悔する生き物だ
それでも、何に後悔しているのか、なぜ後悔しているのか
自分のことなのに、わからなくなるときがある

決められた運命の中で僕たちは
一瞬一瞬を、どう生きればいいんだろう
そもそも、生きるってなんだろう
何を選び、何を捨て、何を掴めばいいんだろう

ねえ、教えてよ
死神先生

目次

死神先生

狭間《はざま》の教室　校則

一、狭間の教室には、魂の状態となった未成年だけが入室できる
一、卒業試験では、現世に残してきた未練を見つけ解消する
一、卒業の際、ここでの記憶は抹消される
一、決められた運命は変えられない

エピソード1　【ベイビーアイラブユー】

すきだったな
だいすきだったな

落っこちそうなえくぼとか
くしゃっと笑うところとか
ビー玉みたいな透き通った瞳とか
好きな歌を口ずさむとき、目を伏せる仕草とか
すきだったな
だいすきだったな

ずっと一緒に、いたかったな

◆

「はいはい注目～、今日の転校生来てるから。はい、ササッと自己紹介しちゃって」

異様に軽く発される言葉に、悪い夢でも見てるのかと思った。

百八十センチある俺よりも、ひと回り小さい細身の体型。

整った顔立ちをしているな、と素直に思った。

さらっとした黒髪の襟足は綺麗に切りそろえられていて、一見すれば自分たちと同世代くらいのようにも見える。

だけど「聞いてる？」とこちらを見る真っ黒な瞳に、色々な経験や時間を知っている大人なのだと感じさせられた。

黒いパーカーの上に黒い羽織をかぶった男性は、真っ白な手を首元にやったまま、くわぁっとあくびをする。

その羽織は、白衣……？　だけど真っ黒だから、黒衣とでも呼ぶのだろうか。

そんなものが存在するのかどうかは知らないけれど。

「名前だけでもいいし、適当にやっちゃってよ」

教師なのだろうか。

それにしてはあまりに、言葉通りに適当な感じがするけど。

そんな男性に背中をぱーんと軽く叩かれ、反射的に背筋を伸ばした。

「木内《きうち》、健人《けんと》です……」

状況が呑み込めていなくても、その場の雰囲気に沿った行動をしてしまう。

それは人間の性なのか、それとも俺の性格なのか。

広々とした教室に、ゆったりとした余裕を持って配置された座席たち。

そこに座る数人の生徒たちが、こちらを見たり、見なかったりしている。

そんな異質な空間で、気付けば自己紹介をしていた。

〝転校生〟というワードに見合うように。

「よろしく……」

しかし、そこまで言ったところで、この言葉が正解なのかわからなくなる。

だって俺は——。

「木内くんは、交通事故で意識不明。みんなも事故には気を付けるように！　って、ここにいる生徒たちには関係ないかぁ」

彼なりのジョークなのか、そう言って肩を竦《すく》める謎の男性。

そんな正体が不明すぎる人物の横で、俺は自分の両手を見つめた。

そう、俺は今まさに。

死の淵《ふち》を彷徨《さまよ》っているのだから。

◆

ジャカジャーン、というギターの音が学校の防音室に響く。

数秒の静寂。

その後、俺たちは誰からともなく「いいじゃん！」と声を上げた。

「これ、優勝狙えんじゃね？」

「優勝すれば、タカラレコードと契約できるんだよな」

「夢に近付いてる感がすげえ！」

「曲も最高だしな。健人はマジで天才」

メンバーたちの高揚した表情に、ドラムスティックを持った俺は愉悦《ゆえつ》に浸る。

高校の軽音楽部でバンドを組んで三年目。

最初は軽い気持ちで始めたが、それぞれ得意分野を生かしたバンド構成で俺たちは実力をつけていった。

地区大会規模で行われたコンテストでは優勝を果たし、今では三カ月に一度、ボーカルの信也《しんや》の叔父さんが経営しているライブハウスでライブもしている。

俺の担当はドラム、そして作詞作曲だ。

「たくさんの観客の前で演奏すんの、快感だろうな」

「あそこまででかい会場、初めてだもんな」

そんな俺たちが次に出場するのが、全国高校生ロックフェスティバル。

高校生バンド対象のコンテストでは日本一の規模で、音楽業界も注目しているものだ。

今、巷《ちまた》で人気のロックバンドもこのフェス出身。いわば、全国の高校生バンドが目指すべき頂点とも言える。

もちろん、優勝しか狙っていない。

俺たちの夢は、このバンドでデビューを果たすことだ。

「俺らの実力とこの曲があれば、いけるっしょ」

信也がそう言い、全員が勝利を確信して頷いた。


「練習、順調？」

部活後、さくらがポニーテールを揺らしながら尋ねる。

陸上部の彼女とは、いつも練習後に待ち合わせをして一緒に帰っている。

「うん、結構いい感じ」

「あー、本当楽しみ！　ついに健ちゃんたちが世界に知られちゃうね！」

屈託《くったく》なく笑う彼女に、俺は苦笑いする。

どうやらさくらは、俺たちが優勝すると信じて疑っていないみたいだ。

メンバー以外でこんな風に思ってくれる存在がいるというのは、本当に心強い。

「フェス行ったら、ほとんど一緒にはいられないと思うけど」

「大丈夫だよ。健ちゃんのお母さんと一緒に行くし。新幹線乗るの楽しみ」

「さくらが楽しみにしてんのは駅弁だろ」

「あ、ばれてるー」

幼馴染であり、恋人でもあるさくら。

保育園、小学校から高校と、ずっと共に過ごしてきた。

親同士も仲が良く、さくらとうちの母親も親子同然のような感じ。

東京で行われるフェスにも、ふたりは一緒に来るつもりらしい。

自分の親と彼女が一緒に行動するというのは気恥ずかしくて、だけど何を今さらとも思う。それは、幼馴染だからこそなんだろう。

「それにしても、健ちゃんに作詞作曲の才能があったなんてなぁ」

さくらの言葉に、たしかに、と自分でも思う。

小さい頃から、特別音楽に興味があったわけじゃない。

軽音楽部だって、高一で友達になった信也に誘われる形で入部した。

だけどそこからは、一気にのめり込んでいった。

「柴田《しばた》先生も、フェス行きたかったたって言ってたよ。会議が入っちゃって残念がってた」

た。

「ああ。俺にも言ってた」

柴田先生、というのは学校の音楽の先生だ。

軽音楽部の顧問というわけでもないのに、音楽初心者だった俺に色々と教えてくれた。


「柴田先生がね、わたしも作詞やってみたらいいんじゃない？って」

さくらが嬉しそうにこちらを見上げる。

明るくて優しい柴田先生を、彼女は入学当初から慕っていた。もちろん俺も、柴田先生には世話になっているし、信頼している。

「さくらさんは言葉選びが素敵だからいいんじゃないか、って」

たしかに彼女は昔から、心に響く言葉を俺にもかけてくれていた。

きっと俺の書く詞にも、それは影響していると思う。

「どう？　いつかわたしにも、作詞やらせてくれない？」

「めちゃくちゃいい歌詞書いてきたらな」

「わ、やったー！　約束だよ、約束！」

「わかったわかった」

太陽みたいに明るくて、誰からも愛されるさくら。

小さい頃から、そんな彼女には何度も救われてきた。

素直になることが苦手だった俺の本心を、さくらはいつも掬《すく》い上げてくれた。

友達、教師、そして親。

周りの人たちとうまくやれているのも、さくらが俺を理解し、さりげなく架け橋のような役割を果たしてくれているから。

言葉にすることは恥ずかしくてできないけれど、さくらと出会えたことは、想い合えたことは、俺の人生で一番の幸運だと思っている。

だけどこんなこと、きっとさくらはお見通しだ。

「健ちゃん、幸せ者だねえ」

「何がだよ」

「わたしという彼女がいて」

ひひっと笑うさくらは、そのまま自然に俺の手を握る。

「自分で言うかよ」

そんな軽口を返しながら、細くて小さなその手をぎゅっと握り返す。

最高の仲間がいて、夢中になって追いかけている夢がある。

隣には、一番の理解者であるさくらがいる。

俺の人生は、順風満帆だ。

怖いものなんて、何もない。

恐れることなんて、何もない。

◆

「おーい、起きてる？　寝てんの？　生きてる？って、それは冗談にもなってないよねぇ」

相変わらずの軽い物言いに、はっと我に返る。

目の前にいるのは、黒い羽織を着たあの男性。

キーンコーンカーンコーンと、チャイムの音が鳴り響く。

だけど俺が知っているものより、半音低い。たったそれだけで、どこか異様な音に変わる。

そこで、ここが不思議な教室だったことを思い出した。

──ああ、そうだ。俺、事故に遭って、気付いたらここにいて。

教師であろうその人は、そのまますまするすると黒板の前まで移動していく。

歩いているように見えるのに、足音が一切しない。

それはこの人が、普通の人間ではないということを表わしているようだ。

「それじゃ、校則の唱和ね。はいっ、せーの」

まるで合唱の指揮者みたいに、両手を上げる。

どう考えても教師らしくないその様子に、他の生徒たちは驚くこともなく、すうっと息を吸い込む。

つまり、この教師はいつもこんな調子なんだろう。

これから何が始まるのか。

そもそも、ここはどこなのか。

その答えは、校則の中にあった。

一、狭間の教室には、魂の状態となった未成年だけが入室できる
一、卒業試験では、現世に残してきた未練を見つけ解消する
一、卒業の際、ここでの記憶は抹消される
一、決められた運命は変えられない

教室にいる全員が、黒板の上に掲げられた校則を読み上げる。

途中からなんとなく、俺も声を重ねてしまった。

わけもわかっていないのに。

「というわけで、木内くん。ようこそ、狭間の教室へ」

目を細め、口の端をにいっと上げる教師に、俺は思わず息を呑んだ。

すると。

「もうーっ！　死神先生さあ、目が笑ってないんだって！　もっとほら、にこにこーってしないとさあ、転校生くんもびっくりしちゃうじゃん」

甲高い声が響いた。

それを発したのは、隣に座っていた金髪の女の子。

ツインテールの彼女は俺を見ると、「ねっ」とウインクをする。

「死神先生、ナチュラルな笑顔の練習中なんだよね。でも根は優しさ溢れ出ちゃってるから、きうっちも安心して！」

どこか歪《いびつ》で異質な教室内。

ナチュラルな笑顔を練習している最中だという黒づくめの教師に、わけのわからない校則。

そこにそぐわない、底抜けに明るい声が俺に向けられる。

「あ、あたし雅《みやび》！　ヨロ！」

「きうっち、って……」

「木内だから、きうっち！　我ながらいいネーミングセンス！」

ひとりで大きく頷く雅は、ひとことで言うとギャルだ。

しっかり施されたメイクと、グレーのカラーコンタクト。まつ毛はふさふさを通り越してヴァサヴァサとしている。

星の形をした派手なピン留めが、耳の上でキラキラと光を放っていた。

そうして改めて教室内を見回すと、そこには八人ほどの生徒たちがいた。

ぼさぼさ頭で居眠りしている人、やたらと佇まいが上品な人、本を塔のように机の上に積み上げている人、一点をひたすら見つめながらブツブツ何か言っている人など。

「ここはね、生と死の狭間にある教室だよ。我らが担任は、死神先生！」

「死神、先生……」

不気味な、だけどやたらと語呂のいい名前を思わず繰り返す。

「まあつまり、なんていうの？　あたしたちみんな、ソウルメイトっていうか。運命を共にするメイト的な」

「はあ……」

両手の人差し指を立てる雅の言葉に眉間を寄せていると、その後ろからおさげの女の子が顔を出した。

「雅ちゃん、それはちょっと意味が違うんじゃないかな」

同い年くらいだろうが、どこか落ち着いた雰囲気のある彼女が「花《はな》です」と穏やかに微笑むので、つられるように軽く会釈した。

「雅ちゃんが言いたかったのは、ここにいるみんなは魂のようなもの、ということだと思うの」

「そうそう、さっすが花ちー！」

すかさず同意した雅に、俺は「魂……」と小さく呟く。

「そ。きうっちの体だって、昏睡《こんすい》状態なワケでしょ？」

雅に言われ、俺は改めて自分の両手を見つめた。

透けてなんかいないし、感触だってしっかりある。

だけどここは、俺がこれまでにいた世界ではない。

そして脳内には、自分が事故に遭ったという記憶がくっきりと刻まれていた。

「俺、死ぬのか……」

すとんと、その事実が落ちてくる。

そこには絶望も悲壮も怒りもなかった。

ただただその事実だけが、心の奥に落ちていくという感覚。

多分俺は、どこかでわかっていたのだ。

自分がこの先、どうなるのかということを。

「だーかーら、死んでないんだってば」

しかし、返ってきたのはあっけらかんとした雅の声。

「言ったっしょ？　生と死の狭間って。ここにいるみんなの大半は、昏睡状態の体が現世にあるままなんだよ」

　そこで雅は、俺の机の上を指差す。

　そこには、いつの間にか砂時計が置かれていた。

「それが、きうっちに残された時間」

　世間話でもするような気軽さで雅は続ける。

「砂が全部落ちる前に、卒業試験をパスすればクリアってコト！」

　卒業試験？

　クリア？

　これは、ゲームか何かなのか……？

「その卒業試験って、一体――」

　俺の問いに、雅が人差し指を立てたときだった。

「はいはいストップ。僕の仕事がなくなるでしょ」

　いつの間にか俺らの前に、死神先生が立っていた。

　音も気配も、何もなく。

　この人はその名の通り、死神なのだろうか。

　それでも不思議と、ぞっとするような恐ろしさは感じない。

黒づくめではあるものの、死神の必須アイテムである大きな鎌なんかも、持っていないからだろうか。

それとも、曲がりなりにも〝先生〟だから？

いや、まったくもって生徒のために何かを、という雰囲気はないけれど。

というより、びっくりするほどに適当だ。

死神先生はあくびをしながら、こちらに背を向ける。それからついてくるようにと、自身の顎《あご》をくいっと上げて見せたのだった。


誰もいない長い廊下をしばらく歩いた先にある、こぢんまりとした一室。そこが、死神先生が使っている部屋のようだった。

科学実験で使うようなフラスコやアルコールランプが埃《ほこり》をかぶった状態で雑多に並べられている。

全体的に薄暗くて、ちょっと気味悪くて、それなのにフルーティーな香りが漂っているのがミスマッチだ。

「いい匂いするでしょ。紅茶にね、ドロップスを入れると甘くておいしいんだよ。ね、まりも」

死神先生が声をかけたのは、球状の藻《も》である〝まりも〟の入った小瓶だ。机の上、死神先生の手元に一番近い場所に置いてある。

部屋の隅のハンガーラックには、黒いパーカーと白衣がずらり。

そんな謎めいた部屋で、俺は死神先生と向かい合って座っていた。

「さてさて、気を取り直して。木内健人、十七歳。学校の軽音楽部でドラムを担当。作詞作曲も手掛ける。音楽フェスで優勝したことにより、現在タカラレコードと仮契約状態。幼馴染である清水《しみず》さくらと交際中。トラックとの接触事故により、現在意識不明」

一枚の紙を淀《よど》みなく読み上げた死神先生は、「これでオッケー？」とこちらを見た。

「すげ……、なんでもわかってるんですね」

「ま、基本的な情報はね。じゃあまず、この場所から説明しとこうか」

ぺらりと資料のようなものを机の上に置いた死神先生に、「ここが狭間の教室という場所だってことは聞きました」と返す。

死神先生は片方の眉をほんのわずか上げ、「そ、じゃ話が早いね」と、顎のあたりをぽりぽりと掻いた。

「未成年が何かしらの事情で昏睡状態になったとき、魂はここ、生と死の狭間に送られるんだ。木内くんは十七歳でそうなったから、あの教室に転校してきたってわけ」

死神先生によると、ここには小学生、中学生、高校生の教室があるとのこと。

自分よりも幼い子達もいると知り、つきりと胸が痛んだ。

「ここに来た生徒には、卒業試験を受けてもらう。それで合格したら、ふたつの選択肢が与えられるんだよね。元の体に戻るか――」

「戻ることもできるんですか!?」

思わず前のめりになると、死神先生は「そ」、とそっけなく答える。

それからこちらの反応は無視して、その先を続ける。

「それか、輪廻転生に向かうか選べるんだよ。〝人として〟生まれ変われる道ってことね。そのどっちかをもって、無事卒業おめでとさんってわけ」

どくどくと、胸のあたりが脈打つ。

「ちなみに輪廻転生を選んだときは、成仏したってことで、木内健人としての記憶は抹消されるから」

輪廻転生、というのは、生まれ変わるということ。

だけどそんなことは、眼中にもなかった。

大事なのは『元の体へ戻る』ことができるという事実。

そのためには、なんとしても卒業試験をクリアしなければ。

「それで、その卒業試験っていうのは何をすればいいんですか？」

死神先生は、黒い瞳をそっと細め、また口の端をにぃと上げる。

「校則にあったでしょ。未練を見つけて、解消するだけ」

なんだそんなことかと、どこか肩透かしをくらったような気分になる。

未練なんて、そんなの決まっている。

この事故に遭ったことだ。

「死神先生、それならもう答えはわかっています」

食い気味に答えた俺に、死神先生は冷めたような視線を向ける。

「そう思ってんの、自分だけかもよ。ま、試験のタイミングで声かけるから。それまで、よぉーく自分と向き合ってみたら？」

あと――、と先生は机の上をトントンと指で叩いた。

「砂時計の砂が全部落ちたら、輪廻転生に強制的に送られるよ。その場合は、人間になれるとは限らないから気を付けて」

「それってつまり……」

「植物とか虫とか？　なんかわかんないけど、そのあたりの可能性もあるんだってさ。もちろん、現在の記憶もすべてリセットされるからよろしく」

「よ、よろしくって……」

机の上にあった、砂時計を思い出す。

雅が言っていた『残された時間』というのは、死ぬまでの時間ということだったのだ。

死神先生は羽織の胸ポケットから四角い缶を取り出すと、ウキウキした様子でその蓋を外した。

ドロップスだろうか。片方の手の上で缶を逆さにすると、数度上下に振る。

カランコロンと、この場には不釣り合いな軽やかな音が鳴った。

掌に落ちた白いドロップスを口にした死神先生は、「ん〜、デリシャス」と満足そうに頷く。

その様子を訝《いぶか》し気《げ》に見ていた俺に気付くと、謎に勝ち誇ったように胸を反らせた。

「ま、そんなわけだから。早めに合格しちゃってよ」

◆

ここは、本当に不思議な場所だった。

たしかに一見すれば学校であるのは間違いなくて、教室には雅たちクラスメイトもいる。

小学生や中学生の教室もあるということだったが、廊下に出ても、誰と出会うこともなかった。

そして廊下は、どれだけひたすらに進んでも、終わりがなかった。

ちなみに窓の外には、一応空が広がっている。

晴れていることもあれば、曇っていたり雨が降っていることもあって。

それでも空の他には何も見えず、教室だけがぽっかりと浮いているような感じだった。

「卒業試験、待ちきれないって顔してるね」

教室でぼうっとしている俺に声をかけてきたのは、隼人《はやと》先輩だ。

フルネームなんかは知らない。ただみんながそう呼んでいるから、俺もそれに倣《なら》うことにした。

ぼさぼさの黒髪と、よれよれの白シャツ。そのいでたちは、才能を持て余したアーティストのようにも見える。

「そりゃ、こうしてる間にも時間は経ってるし……。普通焦りますよ」

そう答えてからふと、隼人先輩の机には砂時計などないことに気付いた。

だいたいのクラスメイトの机には、俺のと同じ砂時計が置かれている。

しかし、隼人先輩の机にはそれが見当たらない。

隼人先輩は「そうだよねぇ」と、呑気《のんき》にあくびをする。

「あの、隼人先輩は時間どのくらいあるんですか?」

不躾《ぶしつけ》な気もするけれど、ここでは常識なんかは関係ないようにも思え、思い切って質問する。

隼人先輩はきょとんとした表情を浮かべたあと、俺の砂時計に目をやった。

「ああ。俺はね、もう時間切れになったから」

「時間、切れ……？」

それって、つまり――。

「俺はもう死んでるのさ」

どくりと心臓辺りが粟立《あわだ》つ。

ここにいる人たちは、魂のようなものである。

それはわかっていたけれど、死と生の狭間であるこの場所に、完全に死んでしまった人がいるなんて想像もしていなかったのだ。

「だけど、時間切れになったら強制的に輪廻転生に向かうことになるって死神先生が……」

「原則はね。だけどリスクを受け入れて強く望めば、留年を認めてもらえる場合もある」

留年。

たしかにその言葉は、的を射ていると思った。

教室という場所に、卒業をせず残る。

つまり隼人先輩は、留年組ということなのだろう。

「他にも、そういう人っているんですか……？」

「そうだね。僕だけに与えられた特権というわけでもないからね」

ここに残ることを特権だとは思えないが、俺は質問を続ける。

「留年って、永遠にここにいられるんですか？」

「それはどうだろう。留年を許可してもらえるかは、そのときの担任が決めることだから。ちなみにその後のことは、なんの保証もないんだ。輪廻転生の輪に入れるかもわからない」

「それってつまり……」

「ここでもない、どこでもない場所をずっと彷徨うかもしれないってことさ」

窓の向こうに広がる空に、思わず目をやった。

この世でもなければあの世でもない、ただただぽっかりと広がる空間。

そこをただあてどなく、永遠に彷徨う。

そんなことを考えると、背筋が凍るようだ。

「なんで隼人先輩はそんなことを……」

それでも隼人先輩は、のんびりとした表情を浮かべているだけ。

「俺は、生きることにも生まれ変わりにも興味がない。ただそれだけ」

　ごくんと生唾《なまつば》を呑み込む。

　この教室にいる生徒たちの多くは、どこか焦燥感を抱えているように見える。

　時間内に試験に合格して、その先を自分で選べるようにと。

　そんな中、いつでもゆったりと過ごしている隼人先輩には、こういう事情があったのだ。

「俺は……、なんとしてでも生き返りたいです」

「やり残したことがたくさんある？」

「はい……」

　夢も、仲間も、家族も、そして大事なさくらも。

　みんなが、俺のことを待っている。

　こんなところで終わるわけにはいかないんだ。


　狭間の教室では、通常の学校と同じように授業が行われる。とはいっても、国語や数学などといったものではない。

　死神先生曰《いわ》く『本当の自分と向き合う』ための授業。

　自分史の年表を書いてみたり、これまでの人生での転機を思い返してみたり、そういった感じ。

ただ、強制させるような雰囲気はない。

死神先生は授業中も適当にしゃべっているだけで、あとは椅子に座って居眠りをしていたり、小さな瓶の中のまりもに話しかけたりしている。

どうやら、まりもは死神先生のペットらしく、溺愛しているのが傍から見ていてもよくわかった。

話しかけたってなんの反応もないのに――そりゃあ藻なんだから当然だけど――、相当な変わり者だ。

「死神先生、本当に俺らに興味なさそうだな」

思ったより大きな声で出たひとりごとにも、死神先生は視線をよこすことすらしない。

隼人先輩がルービックキューブに興じていても注意しないし。

雅がメイクを直していても、気にも留めないし。

最初は真面目に取り組もうとしていた俺だったけど、あっという間に飽きてしまった。

――こんなの、なんの意味もないのに。

机に置いてある砂時計の砂は、無慈悲にもサラサラと落ちていく。

俺は勢いよく立ち上がると、そのまま教室の前へと歩いていった。

「死神先生！」

バンッと教卓に両手をつく。

死神先生は、まりもの入った小瓶を庇《かば》うように胸元に寄せると、不機嫌そうに俺を見る。

「卒業試験を受けさせてください」

未練なんて、最初っからわかってる。

「もういいの？　受けちゃって」

「はい、もちろんです」

「自信たっぷりって感じだね」

「はい、絶対に合格します」

「ふーん……。まあ、いっか」

鼻から息をひとつ出した死神先生は、まりもの小瓶を教卓の上に戻す。

それから僕をまっすぐに見つめると、人差し指と中指、薬指を三本立てた。

「言っておくけど、チャンスは三回までだからね」

「三回もあるんですか？」

試験は一度しかないと思っていた俺は、若干拍子抜けしてしまう。

なんだ、それなら楽勝だ。

一回だって十分なくらいだ。

死神先生はそのまま、白衣の胸ポケットからドロップスの缶を取り出す。

そして、俺に手のひらを出すように促してきた。

「過去、現在、未来。木内くんはどこに行きたい？」

「どういうことですか？」

「未練を解消するために行く場所。木内くんが選んでいーよ」

なるほど。

選択権は、この俺にあるということか。

「そんなの、過去に決まってます」

事故に遭ったあの日に戻る。

そして、こんなこと自体が起きないようにすればいい。

死神先生は缶の蓋を開けると、俺の手のひらの上でカラカラと数度振る。

ころりと落ちてきたのは、オレンジ色のドロップス。

「これ、過去用のドロップス。制限時間は十一分。それじゃ、行ってらっしゃい」

死神先生の言葉を聞き終え、勢いよくそれを口の中へと放り込む。

爽やかな甘みが口内に広がり、俺はゆっくりと目を閉じた。

◇

「お姉ちゃんがチョコ買ってきて、って。すぐ戻るから健ちゃんは待ってて」

聞き慣れた声に、俺は意識を手繰《たぐ》り寄せる。

制服のスカートをひるがえし、さくらがコンビニへと入っていく。

――戻った。戻ってこれた。

そうだ、この日は放課後、スタジオでバンドの練習があって。

その前に、さくらをマンションまで送ることにしたんだ。

家に着く直前、彼女は隣のコンビニでチョコレートを購入していた。

俺が事故に遭ったのは、それからほどなくあと。

さくらを送り届け、スタジオに向かう途中の交差点にさしかかったときだった。

「……絶対に回避してみせる」

決意と共に呟いたとき、制服のポケットでスマホが震えた。

確認すれば母親から『卵を割ったら黄身がふたつ!』という、どうでもいいメッセージが画像と共に届いている。

息子がこれから、人生を変えようとしているっていうのに。

まったく呑気な親だ。まあ、こっちの事情なんて知らないんだから当たり前ではあるけど。

「健ちゃん、お待たせ！」

さくらの声に、俺はスマホをポケットに戻した。

「わざわざ送ってくれてありがとね」

マンションの前、さくらが俺を見上げて笑う。

百八十センチの俺と、百五十五センチのさくら。

向かい合うと彼女がこちらを見上げる形になって、なんとなく気恥ずかしい。表情が丸見えで、心の中まで見透かされてしまいそうな気がするから。

「通り道だし、時間もまだあるし」

「そんなこと言うけど、遠回りでしょ」

このやりとりも、二度目のことだ。

事故に遭う直前、俺たちはたしかにこんな会話をしていた。

「練習、頑張ってね。来週、タカラレコードの偉い人たちが来るんでしょ？」

俺たちのバンドは、フェスで見事優勝を果たした。

話はとんとん拍子に進み、仮契約というところまでやって来た。

高校を卒業し、春からは東京で暮らす予定だ。

「さくら」

「ん？」

「俺さ、東京行くけど」

「……うん」

「絶対にデビューして成功して、さくらのこと迎えに来るから」

自分でも、よくこんなセリフが出てくると思う。

だけど、本気だった。

さくらは春から、地元の大学に進学することが決まっている。

もう少しで、俺たちは離ればなれになる。

物心つく前から、ずっと一緒にいた。

隣にいるのが当たり前じゃないと気付いたのは、さくらが初めて告白されているのを見たとき。

こうして互いに想い合っていたって、物理的な距離が俺たちの関係に変化を起こす可能性は十分にある。

だからこそ、こんな約束に縋《すが》ってしまう。

なんの効力もない、ただの口約束。それでも俺は知っている。

さくらは絶対に、ふたりで交わした約束を破ったりしないことを。

「待っててほしい。俺のこと」

「……うん。約束する」

俺にとっては二度目となる、特別な約束。

何度同じ瞬間を迎えたって、俺はこの言葉を伝えるはずだ。

さくらの笑顔に、一体何度救われてきただろう。

大事で、愛おしくて、この先ずっと隣にいてほしくて。

――絶対に、泣かせたりしない。泣かせるわけにはいかないんだ。

手を振ったさくらがマンションへ入っていくのを見届けた俺は、ぱしっと両手で頬を叩いた。

これから俺は、交差点で事故に遭うことになっている。

青信号を渡っていたときに、右折してきたトラックに轢《ひ》かれたんだ。

そのときの残像が鮮やかに蘇り、ぞくりと背筋が凍る。

痛みなんか、感じる時間さえもない。ただただ驚愕し、恐怖と、そして死を感じた。

あのたった、一瞬で。

「……大丈夫、二度とあんなことは起こらない。起こさない」

思わず足がすくみそうになった自分を鼓舞して、勢いよく顔を上げる。

キラキラと冬の星座が瞬《またた》いている。

そうだ、ここで終わらせるわけにはいかない。

卒業試験に合格して、この体に戻る。

俺の未練はただひとつ。事故に遭ってしまったという、その事実だけだ。

腕時計を確認すると、ここへ来てから七分ほどが経過している。死神先生は、制限時間は十一分と言っていた。

あと四分。

どく、どく、とみぞおちが大きく揺れる。口の中が乾いて、喉もカラカラだ。

大丈夫、大丈夫。

あの交差点さえ渡らなければいいんだ。スタジオではみんなが待ってる。回り道をしていけば、あのトラックとは出遭わないはず。

交差点に背を向け、右に曲がる。

ポケットに入れていたスマホがブブッと揺れる。

信也からのメッセージだ。

『健人待ちだぞー、早く来いよ』

もう着く、と返事を打っているときだった。眩しいライトが視界に飛び込んできた。

◇

「木内くん残念。不合格」

ドッドッ、と小刻みに震える鼓動。

無意識に、奥歯がガチガチと大きな音を立てている。

そんな俺に、死神先生は飄々《ひょうひょう》と結果を告げた。

——俺はまたしても、事故に遭った。違う道を通ったはずなのに。

「ふ、不合格って……。だって俺は未練を解消しようと……」

気付けば俺は、狭間の教室に戻ってきていた。

多くのクラスメイトたちは、ぼうっとどこかを眺めている。

もしかしたら俺のように、彼らも卒業試験のために時間と空間を遡《さかのぼ》っているのかもしれない。

隼人先輩のルービックキューブを回す音が、やたらと響いて聞こえる。

「もしかして、校則忘れた？」

死神先生は俺を見ると、黒板の上を指差した。

「こ、校則……？」

「〝一、決められた運命は変えられない〟」

俺はゆっくりと、黒板の上を見上げる。

毎日唱和している、狭間の教室の校則。

たしかに最後には、死神先生がなぞらえた文面がある。

「運命って、俺が事故に遭うということですか……？」

「そ」

「じゃあ、何度やり直したって俺は事故に遭うっていうんですか？」

「そ」

「そんなわけ……、そんなわけない！」

「運命だからね」

喚《わめ》く俺を前にしても、死神先生はそう返すだけ。

「そんな……わけ……」

がくりと首が前に倒れる。

体中の力という力が、一瞬にして奪われたよう。

「決められている運命ってもんが、人間にはあるんだよ。どう頑張っても避けられないもんが」

死神先生の言葉は、どこか遠くから聞こえてくるようで。

気力も体力も何もかも、吸い取られてしまったみたいだ。

——事故に遭うことを変えられないのならば、やり直せることなんてひとつもない。

キーンコーンカーンコーン。

半音下がったチャイムの音が、教室内に響き渡った。

「きうっち、残念だったね」

休み時間、雅があっけらかんとした表情で俺の席へとやって来る。

隼人先輩、そして花さんも一緒だ。

正直、誰とも話なんかしたくない。

机の上の砂時計は、もう半分以上落ちてしまっている。

やりようのない気持ちを落ち着かせるために大きく息を吐くと、トン、と花さんが俺の肩に手を乗せる。

それは寄り添ってくれているようで、だけど無駄な慰めのようにも感じて、もう一度深呼吸を繰り返した。

「チャンスはあと二回あるから」

そんな俺を元気づけるように、雅は明るい声で言う。

「どうせ、運命は変わらないんだろ……」

自虐的にそう言うと、花さんが寂しそうに目を伏せる。

やっぱり、死神先生の言った通りだったんだ。

ずしりと胸に重さがのしかかったときだ。

「でもさ、諦めちゃうのもったいなくない？」

変わらぬ様子で、雅がそう続けた。

「試験さえ合格すれば元の体に戻れるんだよ？　それってラッキーじゃん」

──元の体に戻れる。そうか、その可能性を忘れていた。

事故に遭う運命を変えることができなくても、元の体に戻ってそこからまた始めればいい。

演奏だって多少はブランクがあるだろうが、すぐに感覚を取り戻せるはずだ。レコード会社の人たちだって、不慮の事故なんだから大目に見てくれるだろう。

大丈夫、大丈夫だ。

まだまだ俺は、終わってなんかいない。

自分を奮い立たせ、顔を上げる。それから切り替えるように、三人に質問をした。

「卒業試験、みんなはどんな感じだった？」

隼人先輩は「覚えてないな、本当に」と真顔で言い、雅は「別に、テキトーだよテキトー」と答え、花さんは曖昧に笑った。

そのときに、当たり前のことに気が付いた。

わざわざ口にしないだけで、ここにいる誰もが、何かしらの事情を抱えているんだ。

そりゃあそうだよな、誰もが意識不明、隼人先輩にいたってはもうこの世にいないんだから。

詳しいことはわからないけど、あとのふたりもずいぶんと長く狭間の教室にいると聞いた。

それでも三人には思い詰めるような薄暗さはなく、その寛容さに俺はすっかり甘えていた。

「すごいな……、みんな……」

こんな俺を気遣って、言葉をかけてくれて。

自分のことだけでいっぱいいっぱいになっている俺とは、大違いだ。

「こちらからすれば、生きることを諦めないきみたちの方が、よほどすごいさ」

隼人先輩の横、雅と花さんも頷いている。

そこに嘘がないことくらい、出会って日の浅い俺でもわかった。

「あたしらの経験は参考にもならないかもしれないけど、アドバイスならできると思うんだよね」

雅はそう言いながら「なんてったって何千人という卒業生を見送ってきてるし？」と胸を張り、隼人先輩が「人数盛りすぎだけどなあ」と呑気に言って、花さんがくすくすと笑う。

その様子は、俺の心を少しずつほぐし、あたたかくしていった。

「まずは、ちゃんと考えてドロップスを選ぶことだね」

人差し指を立てた雅に、俺は背筋を伸ばす。

ドロップス。卒業試験の際に死神先生がくれた、時間と空間を遡れるあれのことだ。

「チャンスが三回用意されてるってことは、最後の一粒を食べるまでに未練を見つければいいってコトだから」

まずは状況を把握するために、現在の様子を見に行く。

その後向かうのは、未来、過去と人それぞれだが、残された二回の中で未練を解消していく。

雅曰く、多くの生徒たちはこの流れで卒業試験に合格してきたらしい。

一番無駄がなく、かつ合格率も高い必勝法とのことだった。

したり顔でこのことを語った雅は、最後に「多分ね！　多分！」と付け加えていたけれど。

「だけど、ここに来た瞬間から未練がわかってる人もいるだろ？」

素朴な疑問を口にする。俺だってそのひとりだ。

運命を変えることはできないという決まりによって、未練解消には至らなかった。

それでも、自分の気持ちは、自分が一番よくわかっている。

「それがそうでもないのさ」

隼人先輩が両手を頭の後ろで組む。

「自分の未練はこれだ！って最初から言う人も割といるんだけどね。意外と、不合格になることが多い」

「なんで……」

「うーん」

俺の疑問に、隼人先輩は胸の前で腕を組んだ。

すると雅が、ぱっと顔を輝かせる。

「死神先生に聞いてみればいいよ！　優しいから色々教えてくれるハズ！」

「優しい感じには見えないけど。どちらかと言うと意地悪なタイプじゃ」

「そこがいいんだよーっ！　そう見せといて実は優しいとこがたまんない！」

ずっと思っていたけど、どうやら雅はいろんなフィルターを通して死神先生を見ているみたいだ。


キィ、と不気味な音をたて、椅子が軋《きし》む。

そこに座っていた死神先生は、椅子のままくるりとこちらを向くと僕らを見上げた。

大事そうに、まりもの小瓶を抱えている。「ちょっと待っててねぇー」と猫なで声で小瓶に話しかける姿は、死神先生の異質さを別の方面でも際立たせている。

「で、どうかした？」

「死神先生に聞きたいことあるの！　卒業試験についてなんだけど」

　雅がそう言うと、死神先生はぽんと膝を打つ。

「おおー。ついに雅も卒業試験を受ける気になったかぁ」

「違うに決まってるっしょ。あたしじゃなくてきうっちだよ。もう、あたしが卒業するわけないじゃんね」

　雅のセリフに気になる箇所はあったけれど、とりあえず今は置いておく。

　砂時計は、着々と時を刻んでいるのだから。

　俺は深呼吸をすると、まっすぐに死神先生を見つめた。

「合格、不合格というのはどういう基準で決まるんですか？」

　だって、おかしいじゃないか。

　自分が思い浮かべる未練を解消しに行ったのに、『そうじゃない、不合格』だなんて。

　正直俺だって、何が未練なのかわからなくなっている。

　死神先生は真っ黒な瞳で俺を射抜くと、「基準なんて、木内くんの中にあるでしょ」と続けた。

「僕はただ、結果を伝えてるだけだからね。合格か不合格かを決めてるのは、木内くん自身じゃん」

「俺自身……？」

ますますわけがわからない。

「だから言ったでしょ。本当の自分の気持ちなんて、意外と見えていないもんなんだって」

死神先生はくるりとこちらに背を向けると、もう話は終わりとばかりに再びまりもの小瓶を撫でる。

「さっすが死神先生！　頼りになるぅ！」

胸の前で両手を組む雅の横で、もやもやとした思いが広がっていく。

それでも現状を打破するには、さっきみんなから聞いたように、今の自分の状況を把握する必要があるようにも思えた。

チャンスはあと二回。

残された時間も、そう長くはなさそうだ。

「死神先生。二度目のチャンスをください」

キシッ、と椅子の背もたれが軋む。

「今の自分の体の状態を、大事な人がどうしているかを、見たいんです」

俺は右手を、まっすぐに死神先生の前へと出した。

カランコロン。

広げた手のひらに、ピンク色のドロップスが転がった。

◇

「あのぉ、すみませんがねぇ。外科はどっちでしょうかねぇ」

「えっ⁉」

気付けばそこは、大きな病院の廊下だった。

目の前には杖をついたおばあさん。表情から困っていることだけはわかる。

「こちらまっすぐ進み、角を左に曲がったところですよ」

案内図を探そうとしたとき、颯爽《さっそう》と現れた白衣の男性がおばあさんに説明をする。

おばあさんは「ありがとうございます」とお礼を言うと、廊下を進んでいった。

「あの……」

「それじゃ行こっか。木内くんの病室」

真っ白な白衣を着ていたのは、あの死神先生だった。

死神先生によると、現在に行けるドロップスを選んだ場合、容姿は勝手に変わるらしい。

この病院には昏睡状態の俺がいる。それなのに、突如元気な本人が現れたら大変なことになる。俺のためというよりは、周りへの当然の配慮だ。

ちなみに、どんな姿になるのかは死神先生にもわからないらしい。

改めて自分の服装を確認する。

薄いブルーの医療ユニフォーム。

二十代くらいの短髪の男性は、はたから見れば立派な医療スタッフだ。

死神先生はのらりくらりとした雰囲気の医者といったところか。

大きな病院だからか、俺たちが院内を歩いていても、訝しがる人は誰もいなかった。

「木内くん」

半歩先を歩いていた死神先生が、足を止めず俺の名を呼ぶ。

「人はいつか、必ず死ぬ。大きな運命というものも決まっていて、それに抗うことはできない。僕も、きみも」

確認するように、死神先生はそう口にした。

どくん、どくん。

脈拍が、耳元で大きく揺れる。

――運命は決まっていて、抗うことはできない。

今から目にする自分の姿は、どうあがいても変えられない現実だ。

だけど目を逸らしてはいけない。

きちんと受け止めなければならない。

その上で、本当の自分の未練を見つけ、必ず元の生活を取り戻すんだ。

「ここだね」

死神先生が、ガラス越しの個室の前で足を止める。

そこには、いくつものチューブに繋がれ眠る、ひとりの男の姿があった。

「本当に、俺だ……」

頭はしっかりと事実を理解しているようだった。

そこまで大きな動揺もない。

ただただ、現実味がまったくなかった。

「木内さんのこと、聞いた？」

近くのナースステーションから出てきたふたりの看護師。

自分の名前が耳に飛び込んできて、どくりと心臓が大きく跳ねる。

「聞いたわ。意識が戻っても、起き上がることも話すこともできないだろうって」

信じがたい言葉の羅列《られつ》に、反射的にそちらを振り向く。

俺たちがスタッフであることを疑っていない様子で、ふたりは会話を続けていく。

「脳の損傷がひどかったって、先生が」

「いつも面会に来てる女の子にも伝えたみたいね。会えないのに、毎日病院まで来て……。この仕事をしていると、運命って残酷だと思わずにはいられない。あ、そういえば、明日手術の患者さんのことだけど――」

看護師たちの会話が遠ざかっていく。

呆然と立ち尽くした俺は、もう一度ガラス越しの自分を見つめる。

意思をもって動くことのない、横たわるその姿を。

「死神先生。これも俺の運命ってヤツなの……？」

「そうだろうね」

「じゃあ戻ったって、意味ないってことじゃん……」

「意味があるかないかは、木内くんが決めることでしょ」

意識が戻れば、家族やさくらはきっと喜んでくれる。

だけど同時に、悲しませ、苦しませてしまう。

だって俺はもう二度と、自分の力で起き上がることも、何かを伝えることもできないんだ。

そんなの、生きてるって言えるんだろうか。

そもそも、生きるってなんなんだよ。

「卒業試験はチャンスなんだよ」

横で、ガラス窓の向こうを見ていた死神先生が再び口を開く。

「十一分っていう短い間だけど、きみたちにはその機会が与えられている。ある瞬間を〝生きる〟チャンスを」

腕時計に目を落とす。

制限時間まで、あと五分。

——会いたい。会わなければ。さくらに。

眠る自分に背を向け、俺は走り出した。


ロビーへ戻ると、人混みの中に彼女の姿を見つけた。

椅子に座り、じっと手元を見つめている。

学校帰りなのか、制服姿のままだ。毎日のように見ていたはずなのに、ひどく懐かしく感じる。

俺は小さく深呼吸すると、医療スタッフの仮面をつけて彼女へと歩み寄った。

「木内さんの、お知り合いの方ですよね」

反射的に顔を上げたさくらの目元は、涙こそ浮かんでいないが赤くなっている。

きっと毎日のように、泣いているのだろう。

キリリと胸が締め付けられる。

「まさか、健ちゃんに何かあったんですか……!?」

顔色を変えたさくらに、「いえ、そうではないんです」と俺は落ち着くよう声をかける。

「面会できないのに毎日来ているので、気になって」

さっきの看護師の話を思い出しながら、あくまでもスタッフの顔で声をかける。

気を抜いたら崩れ落ちてしまいそうな足元に、ぐっと力を入れながら。

さくらは洟《はな》をすすると、「取り乱しちゃってすみません」と小さく笑いながら座り直す。

事故から数日しか経っていないはずなのに、ずいぶんとやつれたように見える。

ごめん。ごめんな、さくら。

そう言って抱きしめたいのを、どうにか堪える。

「健ちゃんとは、生まれてからずっと一緒だったんです」

さくらは静かに口を開く。

「楽しいときも、悲しいときも、喧嘩することもあったけど、それでもいつも隣にいて」

そんなの、知ってるよ。

ずっとずっと、俺のそばにはさくらがいたじゃないか。

「だからこうして、会えないってわかっていても来ちゃうんです。少しでも近くにいないと、わたしが落ち着かないから」

へへっと、さくらが無理やり笑う。

あまりにも脆《もろ》い作り笑顔は、何かの拍子にあっという間に壊れてしまいそうだ。

無力だ、と思った。

こうして目の前にいるのに、苦しんでいるのに、手を握ってやることも、気休めになるような言葉もかけてあげられない。

「どうか……ちゃんと休んでください。眠って、食べて、自分のこともきちんと大事にして」

「わたしなら、大丈夫です」

だけどさくらは、凛《りん》とした声ではっきりとそう言った。

「約束したから、ずっと待ってるって」

ああ、そうか。

さくらは、強いんだ。

俺なんかより、ずっとずっと。

「……さくら」

小さく、彼女に聞こえないように、口の中でその名前を呼ぶ。

ただの口約束なのに、現実はもっと残酷なのに、それをちゃんとわかっているはずなのに。

それでもさくらにとってあの約束は、最後の光なのかもしれない。

そして同時に――。

「木内、くんは……」

精いっぱいに平静を装って、医療スタッフの仮面を保つ。

「幸せですね……。あなたがいてくれて、本当に幸せ者だと思います」

俺の言葉に、さくらは嬉しそうに目を細めた。口元はきゅっと、結びながら。

もっともっと大事にすればよかった。

そばにいてくれて、どれだけ守ってくれていたか。

何をするにも不器用だった俺が充実した日々を送れていたのは、誰のおかげだったのか。

伝えているつもりだった。大事にしているつもりだった。

だけど、気付いた。大切にすることと、そばにいてほしいと願うことは、決してイコールとは限らない。

――ああそうか。俺が残してきた未練は、これだったんだ。

◇

「十一分って、短すぎませんか……?」

思わずそう呟くと、「ハハッ」という軽やかな笑い声が降る。

いつもの適当な色と違う声に驚いて顔を上げるが、死神先生は普段と変わらないちぐはぐな印象の笑顔を浮かべるだけ。

「前は十分だったのを、僕が一分長くしたんだから。感謝してほしいくらいだよ」

「そうなんですか」

「そ。すごいでしょ?」

ふふんと胸を反らせる死神先生に、なんとなく気が抜けてしまう。

生と死の境目にある、狭間の教室。

またここに、戻ってきた。

だけど今は、死神先生と俺のふたりだけだ。

普段から決して賑やかな雰囲気ではないけれど、がらんとした教室を見るとどこか寂しくも感じる。

別に長い期間ここにいたわけでも、いろんな思い出があるわけでもないのに。

もしかしたらもう、この場所を離れると自分でわかっているからかもしれない。

隼人先輩たちに、別れの挨拶くらいはしたかったな。

多少名残惜しくも感じるけれど、それも仕方ない。

世の中は、仕方のないことで溢れてるんだ。

「狭間の教室って、なんのためにあるんですか？」

襟元を整え、死神先生にずっと気になっていた質問を投げかける。

狭間の教室に来られるのは、未成年の魂のみ。

なぜわざわざ、三回という決して少なくはない回数のチャンスと、元に戻るか生まれ変わるかという究極の二択が与えられるのか。

死神先生は白いドロップスを口の中へ放り込むと、とろんと表情を一瞬だけ柔らかくする。それから少しだけ考えるように黒目を左右に動かすと、口を開く。

「救済、かなあ」

死神先生は俺の砂時計に手を伸ばし、コトンとそれを逆さまに置いた。

それなのに砂時計は、重力に反するよう下から上へと流れていく。

「基本的に運命は、変えることができないんだよ。だけどさ、運命に呑み込まれてしまうには、きみたちはあまりに早い」

その物言いは、いつもの適当で軽い感じの死神先生とは違う重さを持っていた。

きっとこれは、死神先生の本音なんだ。

死神先生が重ねてきた思いや経験が、その確信を作っていったんだ。

「もう少し、自分たちで選ぶチャンスがあってもいい。神さまか誰かが、そんな風に考えたんじゃないかって僕は思ってる」

自分たちで選ぶチャンス。

どう生きるかは、自分が決める。

胸の奥に渦巻いていた靄《もや》は、いつからか消えてなくなっていた。

「死神先生、最後の試験を受けさせてください」

どこへ向かうかは、もう決めている。

死神先生は頷くと、ドロップスの缶を取り出し俺を見つめる。

「さあ、きみは何を選ぶ？」

カランコロン。

落ちてきたオレンジ色のドロップス。

死神先生の目が、きらりと光ったような気がした。

◇

「お姉ちゃんがチョコ買ってきて、って。すぐ戻るから健ちゃんは待ってて」

聞き慣れた声に、俺はゆっくりと目を開ける。

制服のスカートをひるがえし、さくらがコンビニへと入っていく。

――これが俺の、最後の卒業試験。

不思議なものだ。まるで同じ瞬間を、三度も経験するなんて。

ポケットの中、スマホが震える。

知ってる。母親がくだらないメッセージを送ってきたんだ。

「ったく、本当に呑気な親だよ……」

小さく笑いながら、だけどぐっと目の奥が熱くなる。

スマホをポケットにしまいかけ、再び指先で操作する。

『ラッキーじゃん。幸運のおすそ分け、ありがと』

本当は、もっとちゃんと伝えたい。

色々な言葉を、伝えたい。

だけどそんなふうに想いを残しすぎたら、ただの事故じゃないって思わせてしまいそうだし。

このくらいで許してくれよな。

「健ちゃん、お待たせ！」

さくらの声に、俺はスマホをポケットに戻した。

「わざわざ送ってくれてありがとね」

「通り道だし、時間もまだあるし」

「そんなこと言うけど、遠回りでしょ」

胸の奥で、愛おしい気持ちが大きく揺れる。

遠回りしたって何をしたって、さくらのことを守りたかったんだよ。

ほんの一時だって、離れずにいたかったんだよ。

「練習、頑張ってね。来週タカラレコードの偉い人たちが来るんでしょ？」

「さくら」

「ん？」

「俺、東京行くからさ」

「……うん」

ああ。

本当に大切なんだ。愛おしいんだ。大好きなんだ。

だからさ――。

「もう、終わりにしようか」

「え……？」

目の前の彼女の表情が凍り付く。

俺はわざと、笑顔を作る。

「さくらは大学こっちだし、俺も向こうで環境も変わるしさ」

「ま、待ってよ健ちゃん！　大丈夫だよ、わたしなら大丈夫。遊びにも行くし、大学卒業したら東京で就職するから」

「俺が無理なんだよ」

どうか声よ、震えるな。

どうか涙よ、溢れるな。

どうかどうか、俺の最期の頼みだから。

ちゃんと笑顔で、ちゃんと別れを。

「さくらは絶対に幸せになれる。だけどそれは、俺とじゃない」

「何、言ってるの……？」

みるみるうちに、彼女の瞳からは大粒の涙が溢れていく。

いくつもいくつも、ぽろぽろと止めどなく。

さくらの涙を見るのは、いつ以来だろう。

二年前に、俺が不器用ながら告白をしたときだったかな。

あのときは、涙を流しながらも笑ってくれた。

そんなきみが愛おしかった。

心から、愛おしくてたまらなかった。

「わたし……、わたし待ってるよ……！　何年だって、何十年だって健ちゃんのこと――」

「待たなくていい」

――待ったりしちゃ、だめなんだ。

頼むから、待たないで。きみはちゃんと、前を向いて前へ進んで。その手で幸せを、掴んでほしい。

さくらの人生は、まだまだ長いんだから。

「待ったりしないって、約束してよ」

「やだよ、健ちゃん……」

俺の言葉に、彼女は顔をくしゃくしゃに歪《ゆが》めて泣いた。

小さいときみたいに、泣き叫びたいのを堪えるように、肩を震わせながら。

「今まで、本当にありがとう」

溢れるほどの伝えたい言葉を飲み込んで、俺はへたくそに、だけど精いっぱいに笑って見せた。

ずっとそばにいたかった。

もっと一緒に、出かければよかった。

気持ちを言葉にすればよかった。
大好きだよ。
ありがとう。
どうかどうか、幸せになってほしい。
俺の全部をかけて、さくらの幸せを願うよ。
泣かせてごめん。
先に逝《い》くけどごめん。
本当に大事に思ってる。
約束してよ。
絶対に、俺がいなくても幸せになるんだ——って。

◇

十一分。
その時間が経過したのだろう。
あたりが眩しい光に包まれ、気付けば俺の前には死神先生がいた。
何もない、真っ白な空間だ。

「木内くん、合格」

死神先生が淀みなくそう宣言する。

合格、というのは嬉しいはずなのに、両手を上げて喜べない自分がいる。

当たり前か、心から大切に思う人と別れてきたばかりなのだから。

「それで、このあとはどうする？　元の体に戻るか、輪廻転生か」

こっちの余韻なんておかまいなしの死神先生に、ふっと笑いが零《こぼ》れてしまう。

どんな状況でもマイペースを崩さない死神先生に、安堵する日が来るなんて思ってもいなかった。

「教師のくせに、生徒を励ましてはくれないんですね」

皮肉を込めて軽口を叩く。

死神先生にそんなこと、期待なんてしていない。

だけどこれが、木内健人としての最期の気兼ねないやりとりになるんだろう。

そう思うと、もう少しだけ死神先生と言葉を交わしたかった。

「――励ませばうるさいって言われるし、励まさなければ皮肉を言われるし。あーあ、教師って面倒くさいなあ」

死神先生はそう言いつつも、くしゃりと笑う。

それは、これまで見てきたどの死神先生の顔とも違って見えて。

まるで俺たちとなんら変わらない、ひとりの〝人間〟の表情にも見えて。

「もしかして死神先生も、人間として生きてたことがあるんですか？」

「ん？　あるけど」

「どうして――」

どうして、今は死神先生として狭間の教室にいるんですか？

浮かんできたそんな疑問は、声にする手前で飲み込んだ。

きっとこんなのは愚問だ。

ひとことふたことで語れるような人生なんかきっとないし、教えてもらったところでどうせ俺の記憶はすべて抹消されるのだから。

「俺、ここでの担任が死神先生でよかったかもしれないです。適当だし軽いし不謹慎だし、マジで正体不明だったけど」

そこでやっぱり、笑いが零れる。

「本当の未練に気付けたのは、死神先生のおかげだったと思うから」

運命は変えられない。

だけど俺には、あの瞬間を〝生きる〟というチャンスがあって。

あれが正解だったかはわからないけれど、自分なりのやり方で、さくらを大切にすることができたと思う。

少なくとも、『待っててほしい』という、果たせない約束から彼女を解放することはできたはず。

誰がなんと言おうとも。

だってどう生きるかは、誰をどうやって守るかは、自分が決めることだから。

「そろそろ時間だね」

死神先生の言葉に、俺は頷く。

「木内くん、もう決めてるんでしょ？」

やれることは、全てやった。これが俺の人生で、逃れられない運命の中、自分自身で選んだ道だ。

――きっといつかこの先で、さくらとまた出会うために。

「はい、決めました」

頷き、まっすぐに死神先生を見つめると、真っ白な右手が目の前に差し出された。

「木内健人くん、卒業おめでとう」

俺はそこに、自分の左手をしっかりと合わせた。

ぼんやりと、死神先生の姿が滲んでいく。

背景の白に溶けるよう、ゆるりらり。

「――――しておくよ」

薄れゆく意識の中、死神先生の声が聞こえる。

――彼女との記憶のカケラは、残るようにしておくよ。

◆◆◆

「さくらちゃーん！」

背後から名を呼ばれ、わたしは慌てて振り返る。

駅の改札から出てきたのは、高校時代の同級生の信也くんだ。

焦げ茶色でくるんとしたヘアスタイルの彼は、卒業してからずいぶんおしゃれになった。

もうすっかり、東京の人って感じだ。

メジャーデビューした有名バンドのボーカルとして活躍しているのだから、当然なのかもしれないけれど。

「ごめんごめん、電車が遅れちゃってて」

「ううん、大丈夫だよ。元気してた？」

「うん、バンドのメンバーもみんな元気。どうにか試行錯誤しながら、曲も作ったりしてるよ」

一年ぶりに地元に帰ると信也くんから連絡が来たのは、一昨日のことだ。

わたし自身、彼と顔を合わせるのは卒業式以来だった。

わたしたちはそのまま、駅前の広場のベンチに並んで腰を下ろす。

信也くんは近況報告も早々に、「それでさ」と興奮気味に本題に入った。

「こないださくらちゃんが送ってくれた歌詞、すっごい良かった！」

「わ、本当に？」

「うん、マジで。心にまっすぐ届く言葉ばっかで、初めて見たときに鳥肌立ったよ」

「嬉しい……。柴田先生に相談にのってもらって、完成させることができたんだ」

信頼していた高校時代の柴田先生。

いち生徒のわたしのことを、卒業してからもずっと気にかけてくれている恩師だ。

「そうだったんだ」

信也くんは「懐かしいな」と頷くと、空を見上げる。

「健人が言ってたんだ。いつかさくらちゃんに作詞任せたいって。その理由が、よくわかった」

愛おしい人の名前が出てきて、心臓の奥がぎゅっと音を立てる。

彼との別れから、一年以上が経った。

胸の奥にぽっかりとあいてしまった穴は、きっと埋まることはないだろう。

それでもわたしは、生きていかなきゃいけない。

自分の人生を、ちゃんと進んでいかなきゃいけない。

幸せになるって、健ちゃんと約束したから。

「でさ、ちょっと運命みたいなことがあったんだけど」

信也くんが堪えきれないように拳にした両手を小刻みに揺らす。

「ちょっとこれ、聴いてみてよ。健人が残した最後の曲なんだ」

「え……？」

どくん、と心臓が大きく揺れる。

信也くんがスマホを操作すると、少しだけ雑音の混じった音楽が流れてくる。

優しくて、ちょっとだけ切なくて、健ちゃんみたいなあたたかいメロディ。

そこに、録音された信也くんの歌声が重なった。

「これ……」

思わずわたしが呟くと、信也くんが力強く頷く。

「さくらちゃんの歌詞を乗せてみたら、最初からそのために作られたみたいにぴったり音がはまったんだ」

――ああ。

まったくもう、健ちゃんってば。

どこにいたって、どうあがいたって、わたしたちの息はぴったり合ってしまうんだよ。

ずっとずっと、一緒にいたんだもん。

一緒に笑って、泣いて、幸せを感じてきたんだもん。

ねえ健ちゃん。

たまに思うんだよ。健ちゃんはすべて知ってて、わたしのためにあんな約束を口にしたんじゃないかって。

だから、安心してね。

わたしはあなたを待ったりしない。

そんなことをしなくても、きっとまた会えるから。

それまでちゃんと、わたしはわたしの人生を歩いていくね。

すきだったな

だいすきだったな

落っこちそうなえくぼとか

くしゃっと笑うところとか

ビー玉みたいな透き通った瞳とか
好きな歌を口ずさむとき、目を伏せる仕草とか
すきだったな
だいすきだったな

ねぇどうか、来世でわたしを待っていてね。
世界で一番、愛しいあなたへ。

エピソード2　【ハッピーエンド】

現実なんて、おとぎ話みたいにはうまくいかない
ハッピーエンドなんて、誰にでも用意されてるわけじゃない

期待するからがっかりするし
信じちゃうから傷ついちゃうし

だったら全部、無駄だなって思うんだよ
気持ちとか、想いとか
いらないいじゃん、って

あたしは誰も、絶対に信じない

◆

「雅、今日もバイトなの～？」

「そう～！　ただいま六連勤中でっす！」

「そんなバイトしてどうすんの？　欲しいものでもあるとか？」

「将来の夢のため～」

「えー、そんなんあるの？」

「そ。世界一の金持ちになる！」

ぽいぽいと荷物を鞄に投げ入れて、友達の質問にも同じようにぽいぽいと答えてく。

「金持ちもいいけどさぁ、いつもすっごい忙しそうだよね。遊ぶ暇全然ないじゃん」

「時は金なり！」

「出たよ、雅の座右の銘」

「そんじゃ、勤労ギャル行ってきまーす」

ピンクの唇をきゅっと丸めて、ピースサインにぱちりとウインク。

そうやってポーズを決めると、みんなはケラケラと笑う。

ふと時計に目をやれば、想定していた時間よりも十分くらい過ぎていた。

「やば、遅刻しちゃうから行くわ！」

「頑張れ～勤労ギャル～！」

「りょ～！」

リュックを背負って、みんなに手を振って教室を飛び出す。

高い位置で結んだツインテールが耳元でぴょんぴょん跳ねる。

それに合わせるように、大ぶりのピアスもカチャカチャ揺れる。百均のパーツで自作したやつでお気に入り。

うわ、本当に急がなきゃヤバい。

ホームルームが長引いたせいで、バイトに間に合うかどうか微妙なところ。

本当、担任のナカセンって話が長い。

もっとちゃちゃっと要件だけ話してくれないかなぁって思うけど。

自分のことが大好きで、語り出すと止まらない。

みんなそれにヘキエキしてるってわかんないのかなぁ。

ヘキエキって、読めるんだけど漢字では絶対書けない。

日本語難しすぎない？

そんなこんなで女子高生、桜庭《さくらば》雅の毎日は忙しい。


十六歳とか十七歳とかって、人生の中でもキラキラしてて楽しい時期なんだって、どっかの誰かが言ってた。

だけどあたしにとっては、七歳のときも十三歳のときも十七歳の今も、毎日はずっと変わらない。

キラキラはしてないけど、だからといって人生どん底ってほどでもない。最高って思ったことなんかも、一度もないけど。

「桜庭さん、その髪型どうにかなんないの？」

「これですか？　店長は髪型自由って言ってましたけど〜」

どうにか時間内に滑り込んだあたしに、棘《とげ》のある声がかかる。

あたしのバイト先は全国展開しているチェーンのスーパー。

朝は五時から八時まで品出しをして、放課後から夜の十時まではレジ打ちをしてる。

本当はもっと長時間働きたいけど、十八歳未満は深夜は働いちゃいけないらしい。

不便。すっごい不便。

最初からそれ知ってたら、面接のときに十八ですって言ったのに。

まあ、嘘は好きじゃないけどさ。

セニハラハカエラレナイってやつだ。

「店長は若い子に甘すぎるのよ」

目の前で小言を言っているのは、バイトリーダーの引田《ひきた》さんっていうおばちゃん。

このスーパーの裏の主、みたいな感じで、とにかく全部仕切ってる。

店長も引田さんには頭が上がらないんだ、って誰かが言ってた。

「だいたい金髪なんて、高校生がする髪色じゃないでしょ」

「えーそうですか？　かわいいじゃないですか〜」

「外国人でもあるまいし」

「たしかに英語はめっちゃ苦手ですねえ」

そう言うと、引田さんは大袈裟すぎるくらいのため息を吐きだす。

そんなんじゃ、幸せ一個逃げちゃうのに。

「桜庭さんね、あなた社会というものを舐《な》めすぎ。働くっていうのは遊びじゃないのよ」

「はぁーい。あ、サービスカウンターにお客さんいらっしゃいますよ〜。引田さん、行かないとじゃないですか？」

引田さんはカウンターを振り返ると、あたしをじろりと睨《にら》み、去っていった。

ふう、とひとつ息を吐く。

「社会を舐めすぎ、ねえ〜」

傍から見れば、そんな風に映るんだろう。

でも別に、気にしない。

そう見えようがどう見えようが、あたしがやることは決まってるし。

働く。お金を稼ぐ。生きていく。

ただそれだけ。

「いらっしゃいませーっ」

レジに並んだお客さんに、あたしはにっと笑顔を向けた。

◆

「雅ちゃん、おかえり～」

「春美《はるみ》さん、帰ってたんだ」

夜の十時三十分。

廃棄寸前のお弁当を安く手に入れたあたしが帰宅すると、ふんわりとしたワンピースに身を包む春美さんがいた。

珍しい。いつもはあたしの給料日後にしか帰ってこないのに。

「ねえ見て、これ新しいの買ったの。似合うかな？」

小花柄のラベンダー色のワンピース。

人気モデルのSNSで紹介されていたのと同じもの。

たしか、三万円くらいだった気がする。

ぱっちりとしたメイクにベージュのカラーコンタクト。

薄茶色の髪の毛を綺麗に巻いた春美さんは、少女のようにその場でくるりと回った。

「似合うー、めっちゃかわいい！」

あたしじゃ絶対に着こなせないけど、春美さんは本当にこういう洋服がよく似合う。

「雅ちゃんに褒められると、嬉しいなぁ」

春美さんは名前の通り、春みたいな人。

ふわふわしてて、かわいくて、いつまでも少女みたいで。

ほとんどの家庭では母親のことを下の名前で呼ばないと気付いたのは、いつだったっけ。

あたしは物心ついたときから、春美さんと呼んでいた。

もちろんそれは、春美さんが「雅ちゃん、お母さんなんて呼ばないでね」と言い続けてきたからだけど。

今のあたしと同じ年齢で、春美さんはあたしのことを生んだ。

そんな春美さんにとって〝お母さん〟とか〝ママ〟なんて呼び名は、負担でしかなかったんだと思う。

「雅ちゃん、お給料日もうすぐでしょ？　早めに受け取ることとかできそう？」

「んー、ちょっとそれは無理っぽいかなぁ。そのへんきっちりしててさぁ」

まろやかな赤いルージュを引いた春美さんは、「そう」としょんぼり肩を落とす。

春美さんは、夜にお酒を飲みながらお客さんをもてなす仕事をしている。

あたしのスーパーのレジ打ちバイトよりもお給料はいいはずなのに、いつもお金に困っている。

それなのに、ワンピースやバッグは買っちゃうんだから不思議。

「家賃を払ったら、お金が足りなくなっちゃったの。ガス代とか電気代とか、雅ちゃんに立て替えておいてもらってもいい？」

「はぁーい」

返事をしながら、洗面所で手を洗ってうがいをする。

立て替えておく、なんて。一度も返してもらったことなんてない。

だけどそんなのは、もう慣れた。

鏡越しに映る春美さんは、香水をシュッと自らの胸元にひと吹きする。

また、すぐに出かけるんだろうな。洋服の系統が変わったから、新しい彼氏でもできたのかもしれない。

「毎日お疲れ様。戸締まりして眠ってね」

「春美さんも気を付けてねー」

あたしの言葉は最後まで届いていたのかな。

あっという間に、パタンと玄関のドアが閉まる音が響く。

洗濯機の中を確認すると、昨日のあたしの洋服と春美さんのものがいくつか入っていた。

今日は二日ぶりに洗濯機を回せそう。

毎日なんて、回せない。

基本的には、あたしひとり分だけだから。

水ももったいないし、電気代だってかかるし。

「さてと、今日は幕の内っと。ラッキラッキー！」

ダイニングに戻って、テーブルの上のビニールからお弁当を取り出す。

スーパーでは毎日、たくさんの廃棄食品が出る。

もったいないし、世の中どうなってんの？って思うけど、大人曰くビジネス的に仕方がないことらしい。

意味がわかんない。

ただ、そのおかげで幕の内弁当を半額以下で買えるのはありがたいけど。

ちなみに朝食のパンも、学校へ持ってくお昼のおにぎりとサラダも、賞味期限ギリギリの値下げ品。

スーパーでのバイトは決して時給がいいわけじゃないけど、こういうところにも助けられてる。

「うまー！　幸せー！」

家ではいつも、こうやってひとりでしゃべってテンションを上げてる。

「これで明日のバイトも頑張れるぅ！」

本当は多分、もっと簡単にお金を手に入れる方法なんてあるんだと思う。

女子高生っていう立場を武器にしたりとか、年齢を誤魔化して春美さんみたいに夜のお店で働くとか。

だけどあたしには、その気はひとつもない。

効率いいじゃんとか思わないこともないけど、なんとなくそれだけはしたくない。

それをやっちゃったら、あたしの場合は負けな気がしてる。

まあ、何に負けるのかもわかんないけど。

だけど嘘をつくとか、誰かにお金をもらうとか、そういうのはなんかダメなんだ。

プライドっていうの？　ちっぽけなもんかもしれないけど、あたしはそれを譲りたくない。

「あー、またプリンになってるし。染め直さなきゃなぁ」

テーブルの上に立てられた小さな鏡で、髪の毛の根本が黒くなってるのに気付いた。

明日ドラッグストアでヘアカラーを買ってこなくちゃ。

そりゃお金はないけどさ、ないなりにかわいい自分ではいたい。

あたしにだって、そんくらいの願望はあるワケで。

「毎日頑張ってるし、ご褒美も大事っしょ」

頭の中でざっとバイトのお給料を計算したあたしは、うんうんと頷いた。

◆

勉強は嫌いってほどでもないけど、好きってことも全然ない。

そんなことしてる暇があるなら、一分でも多くバイトしてたいし。

だけどある程度知識つけとかないと、大人になってから困るってこともなんとなくわかってる。

春美さんのことは嫌いじゃない。

たったひとりの母親だし、産んでくれなきゃ今ここにあたしはいないし。

だけど、春美さんのような大人にはなりたくないと思ってる。

誤解しないでほしいのは、春美さんを馬鹿にしてるとかそういうんじゃなくって。

ただあたしは、ひとりでもちゃんと生きていきたいってだけ。

自分で稼いで、誰かに頼ったりしないで生きてければいい。

それでもってできれば、大金持ちになりたい。

社長とかになって、お金のことなんか心配しないで暮らしたい。

「おい桜庭」

「はあ〜い」

担任のナカセンが、今朝提出した紙をぴらぴらさせながらあたしを手招きしてる。

進路調査票ってヤツで、行きたい大学とか専門学校とか、就職するとか書く用紙。

ぽてぽてと教卓まで行くと、「シャキッとしろ、シャキッと！」とナカセンが自分のジャージの袖をまくった。

体育教師のナカセンは、暑苦しいとこがある。

「なんだこの、社長ってのは」

「え～？　進路的なアレだよ」

「お前なあ、もうちょっとあるだろうが。せめて、進学なのか就職なのかとか」

「社長になって働くってコトだから、就職的な？」

そこまで言うと、ナカセンは大袈裟にため息を吐きだす。

「本当、レベルが低い子供たちと会話すんのは疲れるな」

やれやれ、と諦めたような顔をするナカセンの顔面に、たっぷりとため息を吐きだす。なんてことをしなかった自分を褒めてあげたい。

まあ正直、ナカセンに何を言われようがなんとも思わないんだけど。

「特待生っていっても、うちの学校じゃそんなレベルだよな」

そうぼやいたナカセンは、今度は手の甲をひらひらしてあたしのことを払った。

またぽてぽてと、自分の席に戻る。

ナカセンが言う通り、あたしはこの学校に特待生として入学した。

特待生になれば授業料とかタダになるって、中学のときに知ったから。

別に秀才でもなんでもなかったあたしが特待生として入れるこの高校は、偏差値が高いとこなんかじゃない。

それでも中卒と高卒だと世間的にはずいぶん扱いが違うから、とりあえず高校だけは出ておけ。っていうのは、春美さんの昔の彼氏が酔っぱらいながら教えてくれたことだ。

知らないうちに、別れていたけど。

「なあ桜庭、放課後ヒマ?」

席に戻ると、隣に座っていた男子に声をかけられる。

勝手に話してきた内容によると、クラスの何人かでカラオケに行くらしい。

「桜庭、歌うまいって聞いてさ。たまにはいいじゃん、来れば」

「あー、えーっと、行かなーい」

目がふよふよと動くわたしを見て、「雅、マジで男慣れしてなさすぎじゃん?」と友達が今日も吹き出す。

「雅さぁ、そんなんじゃ永遠に彼氏できないよ? 少しずつ免疫つけなって」

「そーそー。今のうちにさぁ」

「モテんのにもったいないって」

好き勝手言うみんなに「ウブなもんで～」とぶりっこポーズを見せれば、その場は一瞬どっと沸いて、話題は勝手に変わってく。

そこであたしは、小さく息をついた。

男に免疫がない、というわけじゃないと思う。

むしろ逆かも。

小さい頃からうちにはいろんな男の人がやって来たし、春美さんの彼氏だったその人たちは、タイプは違えどあたしには割と優しかったし。

本音を言えばあたしだって、人並みに恋愛とかしてみたい。

みんなが楽しそうに話してるように、好きな相手が誰だとか、告白がどうのとか、デートでどこ行ったとか、そういうのに参加してみたい。

ひとりの誰かのこと、好きだって思ったり、好きだって言われたりしてみたい。

だってみんな、なんか幸せそうなんだもん。

家族でもない赤の他人が、自分のことを大事に思ってくれるなんて。

そりゃあ、あたしだっていいなって思う。

だけどなんでか、みんなにとっての〝恋愛〟と、あたしが思う〝恋愛〟は違うようにも感じちゃう。

だって春美さんはいつだって、恋に幸せをもらっているのと同じくらい、ううん、多分それ以上、泣かされているんだもん。

「んじゃ、時間だから帰んね！」

時計を確認してバッグを肩にかける。

「今日もバイト～？　もしかして夏休み中も勤労ギャルすんの？」

「うん、夏休みはがっつり働くチャンスだしね！」

「えー、雅とプールとか行きたかったのにぃ」

「夏は何度でも来るし、またそのうちの夏にね～」

来年、なんて無責任なことは言わないでおく。

だって来年はまだ高三で、多分きっと、いや絶対、この状況が変わってなんかいないから。

みんなはこれから、カラオケに行って賑やかな放課後を過ごすんだって。

楽しそうだなあ～とは思うけど、羨《うらや》んだってしょうがないし。

人生なんて、誰かと比べたって意味ないじゃん？

比べて変わるんだったら、いくらでもやるけどさ。

遊ぶ時間があるなら、ちょっとでも多く働きたい。

時は金なり、って本当その通りだって思う。

「雅、マジでえらいわ」

「すごいよねえ。わたし、あんなに働けないもん」

「頑張ってね〜！」

ひらひらと手を振るみんなに笑顔を向けて、あたしは教室を後にした。

別に、すごいわけでもえらいわけでもない。

ただただ、そうしないと生きてけないからやってるだけで。

だけどそれを卑屈に思ったって、人生しんどくなるだけだし。

だったら毎日楽しく、明るさと勢いでやってくしかない。

日々をどう過ごすかは自分次第、って何かで聞いたこともあったし。

「あっつぅ……」

昇降口を抜けると、じっとりとした湿気と強い日差しが容赦なく照り付ける。

ナカセンが熱中症に気を付けるようにって、学校から配られたプリントをだるそうに読み上げていたっけ。

そういえば光熱費立て替えといてって、春美さんに言われてたなぁ。

バイト終わったら、コンビニ行って支払いしなくちゃ。

一瞬心の中に灰色の煙がもくもくしたのを、深呼吸で胃の奥まで押し込める。

「今日のお弁当、なんだろ。やば、めっちゃ楽しみ」

中華弁当もおいしいし、おこわ弁当もおいしいし。

大丈夫、自分の機嫌は自分で取ればいいわけで。

人生に楽しいことは、見つけようと思えばいくらでもある。

絶対絶対、大丈夫。

そうじゃなきゃ、生きてる意味なんてなくなるじゃんね。

◆

「それじゃ、自己紹介やっちゃって。ササッと」

「……ん？」

何が起きたのか、全然わかんなかった。

多分ここは教室で——だけど通っている学校とは違う場所みたい——、十人もいなそうな生徒たちが、興味なさそうにこっちを見たり見てなかったりする。

みんな、制服はバラバラ。あたしはいつも着てた制服姿のまんま。

胸元の深緑色のネクタイを、確認するようにいじってみる。

「ホラ、名前とかなんか適当に」

——てか、誰？

当たり前のように隣に立っていた黒い服の男の人に、怪訝な視線を送る。

え？　何？　怪しすぎんだけど。

ええ？　何これ、真っ黒な白衣とか初めて見たんですけど。

そのまま視線を、相手の顔まで上げていく。砂浜みたいな白い肌に、黒々とした瞳と綺麗な鼻のライン。そして、形のいい唇。

あれ？　もしかしてこの人、とてつもなくかっこいいのでは？

「桜庭さん」

頭の中でいろんなことが浮かんでは消えるあたしの名前を、その人は迷いなく呼んだ。

「うわっ、なんで名前……」

「なんでも何も。僕がきみの担任だからでしょ」

いや何それ。初耳なんだけど。勝手に担任になられても困るし。

たしかに顔はかっこいいけど、なんだか不気味。

なんでも見透かすような瞳を向けられると、心臓あたりがざわざわと音を立てた。

うわ、あたしこの人苦手だわ。

「転校生は自己紹介って、相場が決まってるでしょ」

だけど、この人はわたしから視線を外さない。

目を逸らしたいのに、わたしからもそうすることができなかった。

「転校生って……」

身に覚えのない単語を繰り返す。だってあたし、引っ越しなんてもちろん、転校だってしてないし。

「ええっと、意味わかんないんだけど……。何これ、夢？」

思いきり眉間にしわを寄せたら、男の人は呆れたように首を竦める。

はい？　もしかしてバカにしてる？

いやいや失礼なんですけど。

そこでやっとわたしから視線を外したその人は、教室内をぐるりと見回した。

「転校生の桜庭雅さん。過労と熱中症で意識不明だから、みんなよろしくー」

セイテンノヘキレキって、こういうこと？

ちょっと不穏な音階のチャイムが鳴り響く中、あたしは一番後ろの席で両手を組んで考えていた。

「熱中症って、炎天下で運動でもしたのかい？」

そんなところへ声をかけてきたのは、よれっとした白いシャツを着た男の子。

優しそうな感じと、軽そうな感じが合わさった人で、ちょっと掴みどころのない雰囲気。

「えーっと、まあ……？」

いつも通りにふよふよと視線が泳いだところで、彼は「今ってかなり暑いらしいね」とのんびりした口調で答えた。

「死神先生が言ってたよ。夏は三十五度超えることもあるんだって？」

彼の言葉に、黒い白衣を着たあの人の姿を思い浮かべる。

ここは、狭間の教室。

なんでも、意識不明になった十代の魂が送られる教室なんだって。

その担任が、さっきの死神先生。

ネーミングからして、かなりいっちゃってる。

まず、完全に正体不明。

死神なのかもしんないけど、魂取って食うぞ！って感じでもない。死神のキーアイテム、大きな鎌とかも持ってないし。

それでもって、先生っぽさも全くない。

ナカセンとはもちろん、今まで出会ったどの教師とも違う雰囲気。

すっごく軽いし、適当を極めている、みたいな感じ。

生徒であるあたしたちに、これっぽっちも興味なさそうだったし。

「気温も以前とはずいぶん違うのね」

かわいらしい声が聞こえてきて、あたしは視線を戻す。

よかった、男子とふたりで話すのは得意じゃないけど、同性だったらまだいけそう。

「わたしは花、彼は隼人くん。よろしくね雅ちゃん」

長い黒髪をみつあみにした彼女は、ちょっと古風で上品な感じの女の子。

黒目がちな瞳が小動物みたい。

「わたし、何か変？」

あんまりにも見つめちゃったから、花ちーが首を傾げる。呼び方は、今決めた。

そこにあたしは、「それ、カラコン？」って思わず聞いた。

そう質問してみたものの、これはホンモノの黒目だってわかる。

だってよくよく見ても、不自然な縁取りなんかないんだもん。

「からこん……？」

きょとんとする花ちーに、隼人先輩が「目の中に入れるやつだよ」と説明してる。

ちなみに、先輩呼びするのも今決めた。当たり障りない感じでいいかなと思って。

花ちーはよくわかっていないみたいだったけど「目の中に何か入れるって、痛いんじゃないの……？」と言っていたから、どっちにしてもまぎれもない、くりくり黒目の持ち主だ。

「いいなあ！　目が綺麗！」

あたしが言うと、花ちーは一瞬びっくりしたような顔をしてから、コロコロとかわいく笑った。

「雅ちゃんも髪の色、とっても綺麗ね」

花ちーはあたしとは正反対って感じなのに、フラットに接してくれて嬉しい。だって中学の頃とか、そういうタイプの子は、自分とは違う生き物〜ってあたしを見てるような気がしたから。

「それにしても過労と熱中症なんて。苦しかったね」

花ちーが心配そうな顔をして、あたしはそこで記憶の糸を改めてたどってみる。

「苦しいってよりは、うーん。なんか、ふわあーって魂だけ浮いてくっていうか、そういう感じ」

そう。

あの猛暑日。

バイトから汗だくで帰宅したあたしを待っていたのは、からっぽになった封筒——生活費とかバイトの給料とかが入ってた——と、残金がゼロになった銀行通帳。

そして『お金借りるね！』という春美さんからのメモだった。

春美さんは、お金を全部持って出ていった。

家に置いてあったものも、銀行に入っていたものも、ぜーんぶ。

お金を払わなきゃ水道から水は出ないし、ガスだって使えないし、電気だって止まっちゃう。

がつんと殴られたようなめまいに襲われて、ばたんと仰向けに倒れた。

暑くて蒸された部屋は、まるでサウナみたいだった。

——ウケる。

そう思ったところで、記憶は途絶えてる。

多分そこであたしは、意識を失ったんだと思う。

「あたし、まだ死んではないんだよね？」

さっき死神先生からこの場所について、ひと通りの説明は受けた。

あたしは今、意識不明状態だってこと。

この場所を出るためには、卒業試験を受けなきゃいけないってこと。

それに合格すれば、元の体に戻るか、生まれ変わるか選べるってこと。

小難しい校則もみんなと一緒に唱えさせられたけど、細かいことはよくわかんない。

「これが、雅ちゃんに残された時間だよ」

花ちーが指差したのは、あたしの前に置いてある砂時計。

レトロな木製のそれは、砂がピンクでかわいい。

ただ、あたしが知ってるものよりも、砂が落ちる速度がゆっくりに見える。

大丈夫?って聞きたくなるくらい、ちょび、ちょびって落ちてく感じ。

「詳しいことは、死神先生との面談で聞いてみて」

「ええ〜!　こっちでも面談とかあんの!?　だるぅ……」

昔から、教師との面談は大嫌い。

春美さんはいつも家にいなかったから、三者面談だろうがなんだろうが先生とマンツーマンになるし、あれこれ聞かれたり、やたらと心配されたりしてうざったかった。

大丈夫だって、あたしはあたしなりにちゃんとやれてんだから。

そうやって毎回言うのも面倒だった。

そんな時間あるなら、バイトして一円でも多く稼ぎたかった。

全部時間の無駄だって、そう思ってたから。

「桜庭さん、面談するよー面談」

「ぎゃっ!」

いつの間にか背後に、死神先生が立っていた。

さっきまでこの教室内にいなかったはずなのに。

気配だって足音だって、なんにもなんにも感じなかった。

やばいって。

この人やっぱ、死神なのかもしれない。

するすると足音もなく進む死神先生のあとをついて廊下を進むと、小さな部屋にたどり着いた。

その間、廊下で誰ともすれ違わなかったのがちょっと気味悪い。

ここは学校のはずなのに、あの教室から一歩出ただけで、人の気配がひとつも感じられなくなったから。

「さてと」

部屋に入ると、死神先生は椅子に腰を下ろした。

あたしだけ立つのもおかしいと思ったから、その辺にあった椅子を持ってきて座った。

前に職員室で同じようにやったら、すっごい勢いで怒られたことがあったっけ。

あれは今でも納得してない。

だけど死神先生は、あたしが座ったことについて何も言わなかった。

気にするような感じもなく、机の上にあった紙を手に口を開いた。

「桜庭雅、十七歳。特待生で高校入学、生活費のため早朝と放課後にスーパーでのバイトに明け暮れる。母親とふたり暮らしだが、ひとり暮らし同然の生活。自宅にある金銭類を持って母親が行方をくらませ、ライフラインがストップ。四十度近い自宅で気を失い、重度の熱中症のため意識不明、っと」

すらすらと自分の状況を言い当てられ、首のあたりがぞわぞわっとする。

「うわ、個人情報流出なんですけど」

「まあ、そういうのこっちじゃ関係ないからね。向こうの常識とか、倫理とか」

〝向こう〟っていうのは、あたしが生きてた世界のことをいってるんだと思う。

だけどまあ、そりゃそうだよねとも思う。

だってここは、あの世とこの世の狭間の場所で、どうせ死ぬんだから個人情報も何も関係ないし。

紙をぺらぺらといじっている死神先生に、あたしは小さくため息を吐きだした。

このあとのセリフなんてわかってる。

『大変だったね。ずいぶんと苦労したでしょう』とか『もう少しお母さんが自覚をもってくれれば何か違ったはずなのに』とか『ここまで、十分に頑張ってきたね』とか、そういうのでしょ。

これまでだって、いろんな大人がうちの事情を知ると勝手にそうやって同情してきたから。

大きなお世話って感じだけど。

だって別に、それで何かしてくれるわけじゃないでしょ？

同情されたところで、あたしの人生は変わんない。

変わってこなかった、何ひとつ。

頼れるのは、信じられるのはいつだって、自分ひとり——。

「それじゃ、卒業試験について説明するけど」

「いやいやいや、他に何か言うことないの!?」

コントか、って感じなんだけど。

思わず突っ込んじゃったのは、死神先生がほんの少しも、あたしが予想してたことを口にしなかったから。

なんなら、眉をちょっと下げることだってしなかった。

「だって一応、教師なんでしょ？　なんか生徒にかける言葉とかさぁ」

「特にないけど」

「嘘！」

「ここで嘘をつくメリットなんかないでしょ」

なんのためらいもなくそう言われて、数秒してから息を吐き出すと、一緒に小さな笑いが零れた。

だってこんな人、今までいなかったから。

笑ってる間、死神先生は不思議そうな顔をするでもなく、飄々《ひょうひょう》とした表情であたしが落ち着くのを待ってた。

「──で、卒業試験についてだけど」
さっきとひとつも変わらない表情の死神先生。
あたしは咳払いをして気持ちを切り替えると、一応ちょっと背筋を伸ばした。
話くらいは聞いておかなきゃ。
どっちにしたって、いつまでもここにいるわけにはいかないし。
「内容は簡単だよ。桜庭さんの未練を見つけて解消する。それだけ」
そこであたしは、はあ、と大袈裟なため息を吐きだした。
まあね、たしかにそういうのはよく見る。
幽霊が残した未練を解消して成仏する、みたいのとかさ。
だけどあたしにそんな試験を受けさせるなんて、マジで的外れ。
だって。
「あたし、未練とかないんだけど」
後悔してることとか、やり直したいこととか、そういうのを未練っていうんでしょ？
そんなの、あたしにあるわけがない。
あたしはいつだって全力で生きてきたし。
自分で言うのもなんだけど、別にそんないい人生だったわけじゃないし。

そりゃ恋愛してみたかったとか、金持ちになりたかったとか、そういうのはあるけど。

でも化けて出るような未練なんかじゃない。

あ、死んではないんだっけ。まあどっちでも、似たようなもんでしょ。

「一応、まだ生きてるってことらしいけど。いーよもう、終わりにしちゃって」

生まれ変わりとか信じてないけど、どう転んだって今よりはマシなんじゃないかな。

例えばもっとひどい人生になるとか、例えば人間以外のちっちゃい虫に生まれ変わる可能性があったとしても、今の生活に戻りたいとは思わないもん。

だけど死神先生は、「おかしいなァ」って、そんなこと思ってなさそうな顔で言う。

「未練がない人は、ここには来られないはずなんだよ」

「……へ？」

そんなわけない。

だって未練って、人生でやり残したこととかでしょ？

果たせなかった約束とか、伝えられなかった想いとか、そういうやつでしょ？

……もしかして、復讐とかも未練に入んの？

いやいやいや。あたし別に春美さんのこと、恨んだりしてないし。

「母親から離れるチャンスだって、過去にあったんでしょ？」

声に出してたわけじゃないのに、死神先生はやる気のない瞳で、だけど射抜くみたいにあたしを見る。

はあ、と自然と口からため息が出た。

「やだなぁ、なんでもオミトオシ的な?」

個人情報の流出とか、そういうのもこっちじゃ全然問題になんないんだっけ。なんで知ってんの?とか、そんなのもグモンってやつなんでしょ。

「まあね、小三のときにそういうのあったけど」

よくわかんないけど、警察と知らない大人が三人くらいやってきて。

少しの期間、あたしは児童養護施設にいたことがあった。ネグレクトの可能性あり、とか言っちゃって。

あのときあたしは「お母さんから暴力を受けたりしていないか、きちんとご飯は食べさせてもらっているか」とか聞かれて、「暴力なんて一度もない。お母さんの作ったカレーが食べたい。お母さんに会いたい」って大泣きしたんだっけ。

そうしなきゃ、春美さんが捕まっちゃうと思ってた。

春美さんを救うにはこれしかないって、一度も食べたことのない手作りカレーという嘘までついた。

あれが、あたしがついた最後の嘘だ。

心の奥の方に沈めてた記憶を取り出して、なんとなく憂鬱な気分になる。

あのとき違う選択をしていたら、あたしの人生は変わってたのかな。

こんな風にさ、熱中症でぶっ倒れることもなかったのかな。

自然とそんな思いが浮かんで、「ウケる」とあたしは小さく笑う。

そういうの、タラレバって言うんだよね。

人生には、『こうだったら』『ああしていれば』なんてないのに。

死神先生は胸ポケットから四角い缶を取り出した。

それから丸い蓋を外し、手のひらの上で缶を逆さに振る。

――カランコロン。

ここの雰囲気に合わない、間が抜けた、だけどちょっと懐かしい音がする。

出てきたのは白いドロップス。

たしか白いのはハッカ味だっけ。

「やり直したいこととか、知りたいことはないの？」

「……え？」

口の中へそれを入れた死神先生は目を閉じると、「デリシャス……」とうっとりしたように呟く。

だけど目を開けると、すぐに元の調子に戻って言葉を続けた。

「過去、現在、未来。そのどこかに、桜庭さんの未練は隠れてるはずだけど」

「……ちょっと、意味わかんないって」

「チャンスは三回ね。その中で未練を見つけて解消すれば、卒業試験に合格できる」

「そういうのいらないから。やり直したいことなんてないし」

「それなら、なんできみはこんな場所にいんのさ？」

「そんなの知らないって。なんかのバグじゃん？」

「バグなんか起きないよ。ゲームじゃあるまいし」

「じゃあ知らないよ、あたし別にないんだって。こだわりもやり残したことも」

「はーん、なるほどね。きみはこれまでもそうやって、自分と向き合うことから逃げてきたんだ」

「……はあ？　何その言い方」

「事実を言っただけだよ。考えることから逃げ続けてきた、それだけでしょ」

「何それ！　あたしのこと何も知らないくせに！」

はぁっ、と荒い息がひとつ出たところで、ドクドクと胸の奥が嫌な動きをしているのに気付いた。

お腹の底あたりのぐつぐつ煮立つような熱が、みぞおちまで上がってくる。

なんなのマジで。

すっごいむかつくんだけど。

腹が立ってしょうがないし、こいつのこと大っ嫌い。

こんなに頭に来たのなんて、人生で初めてかもしれない。

自分の気分は自分でコントロールできてたはずなのに、全部全部狂わされる。

他人の言葉なんかは聞き流して、笑い飛ばして、ずっとやってこれたのに。

「きみのことを知りたいとも思わないけど、どう見ても明らかでしょ」

「明らかって、初対面じゃん！」

「現実から目を背けたいだけ。顔にそう書いてあるよ」

「はぁ～？　そんな言うならいいよ、見てやろうじゃないの現実を！」

売り言葉に買い言葉。

多分、これがそういうやつなんだと思う。

気付けばあたしは、立ち上がって宣戦布告みたいなことをしていた。

「ふふん」

どこか勝ち誇ったような表情の死神先生に、はめられたと頭の隅でそう思う。

だけど今さら引き下がれない。

真正面から売られた喧嘩は必ず買えって、昔のあたしが言ってたし。

「これあげるよ」

唇をにいっと上げた死神先生は、わたしの手のひらにピンク色のドロップスをひと粒落とした。

「それじゃ、現実を見に行こうか」

「望むところよ」

死神先生がもう一度「ふふん」と笑ったような気がした。

◇

ザワザワと揺れる空気に、かちんと鳴るグラスの音。

くらっとするきつめの香水と、媚《こ》びを売ったような女の人の声の中、ゆっくりと目を開く。

「ひゃ～、まぶしー……」

そこは、シャンデリアがキラキラ輝くお城みたいな場所。

知ってる、ここ。

綺麗に着飾った女の人が、お客さんをお酒と一緒にもてなすお店だ。

つまり、春美さんが長年働いてきたような――。

ドンッ、と誰かにぶつかられて思わずよろける。

「ぼーっとしてないでよ、新入りのくせに」

見た目は綺麗なお姉さんが、ぎろっとあたしを睨んだ。

「すっごい美人なのにきつそ〜……ってか、この靴ヒール細すぎるし高すぎるんですけど。いやいや、ドレス胸元開きすぎじゃ？」

水色のキラキラしたドレスは、胸元が大きく開いていてスースーする。

自分の服装を目で見て、それから壁の大きな鏡に顔を向ける。

その瞬間、鏡の中の女の人がぎょっとした表情をした。

「ひゃっ、誰!?」

あたしが写っているはずのそこには、見たこともない女の人が立っていたから。

年齢はあたしよりちょっと上くらい。

上品な感じの艶々の黒髪を、耳の後ろでひとまとめにしてる。

おくれ毛がちょっとセクシーなのが、大人の女って感じだ。

「へ？　何？　どゆこと？」

思わずぺたぺたと自分の顔を触っていると、「悪目立ちするんじゃないの」と横から声が響いた。

「ぎゃ、死神先生！」

「声でかすぎでしょ」

黒いスーツを着た死神先生は、銀色の丸いお盆を小脇に抱えて背筋を伸ばす。

改めてお店の中を見てみると、たしかに同じような服装の男の人たちが飲み物を運んだりしている。

なるほどね。あたしはここのホステスさんに、死神先生はスタッフさんになったたってワケだ。

それに合わせて、見た目もちょっと変わったんだと思う。死神先生は、服装だけだけど。

それにしても、こういう恰好をしているとすごく絵になる。

悔しいけど、この人、顔だけは整ってるから。まあその前に、性格整えろよって話だけど。

「桜庭さんは今から十一分の間、新人ホステスとして過ごせるから。自分の未練、探してみなよ」

「十一分って、何か意味あるの？」

「あ、あそこにいるよ」

質問には答えず、死神先生が視線をずらした。

「……春美さん」

その先にあったのは、淡いピンク色のドレスをまとった春美さんの姿。

着物を着た女の人と、立ち話をしている。
多分ここの〝ママ〟だ。
──このお店は、実際に春美さんが働いているところだったんだ。
ふらり。
何かに引き寄せられるよう、自然と足がそっちへと向いた。
「それにしても、大変だったでしょう。雅ちゃんは大丈夫なの？」
ふたりに不自然に思われないようなところで、あたしは足を止める。
細いピンヒールが、ふかふかの絨毯《じゅうたん》に深く沈んでいくのがわかる。
どくり、どくり。心臓が口から飛び出ちゃいそう。
──春美さんは、あたしが倒れたことをちゃんと知ってはいるんだ。
それで、どう思ってる？
心配してる？
不安になってる？
それとも余計な世話をかけてって、恨んだりしてる……？
「実は、あの子の父親が引き取るって言ってくれたんですよぉ！」
春美さんは嬉しいことがあると、両手を胸の前で組む癖がある。
今の春美さんはまさに、そのポーズをしてる。

「ちょうど彼氏から、一緒に暮らさないかって言われてたところで。雅のこと話してなかったから、どうしよっかなぁって悩んでたんですよねぇ」

はあ、とママがため息をつくのが聞こえた。

だけど春美さんは、そんなのお構いなし。

いつもそう。

春美さんは、自分のことだけを見てるんだもん。

あたしがどうなってもならなくても、春美さんは変わらない。

その事実を前にして、どこかほっとしたような、だけど絶望したような、よくわからない気持ちが胸の中でぐるぐる回る。

「雅は本当、優しい子だから。きっと今回も、わたしに迷惑かけないようにってしてくれたのかなぁって。元気になったら、雅も今より幸せになれますよ。わたしと一緒にいるより、ずうっとずうっと」

――ああ、春美さんはどんなときでも春美さんだなぁ。

ふっ、と半開きになってた口から笑いが出た。

「誰でも親になる可能性がある。それがこの世の中だもんね」

いつの間にか、再び隣にやって来ていた死神先生が、春美さんをまっすぐに見ている。

「それでもさ、あたしにとってはたった一人の母親だったんだよね」

きっと春美さんは、親になるのに向いてなかっただけ。

あたしは小さく深呼吸すると、まっすぐにハイヒールを前に進めた。

春美さんとママのすぐそばに行くと、ふたりが同時にこっちを見る。

「なあに？　どうかした？」

春美さんは初めて会った新人ホステスさんにも、こんな風に優しく笑いかけるんだなあ。あたしにするのと、同じように。

キラキラしてて、かわいくって、いつまでも少女みたいなあたしの母親。

「幸せになってくださいね、春美さん」

突然名前を呼ばれたにもかかわらず、春美さんは嬉しそうに顔をほころばせる。

「ありがとう。嬉しい」

屈託なく笑った春美さんが眩しくて、あたしはつい、目を細めた。

◇

「桜庭さん、不合格」

「待って待って。いつあたしが試験受けたって？」

十一分という時間が過ぎたんだと思う。

あたしと死神先生は、教室の真ん中に立っていた。

体格も服装も、すっかり元通り。

あたしは金髪ツインテールの、制服を着た女子高生。

足元だって履き慣れたローファー。

カーペットに刺さった細いヒールは、もうどこにもない。

「ドロップスを食べるってことは、卒業試験を受けるってことでしょ」

「はあ!?　そんなん聞いてないんですけど！」

「校則にも書いてあるよ。似たようなことが」

「そんなの、いちいち覚えてないし！」

「ふーん」

手ごたえのない反応の死神先生に、はあ〜と大きなため息が出る。

ナカセンなら上から目線で「これだから底辺の学校の生徒は」とか言いそうだけど。

でもなんか、死神先生のこの感じにも慣れてきた。

それに、不合格だろうがなんだろうが、今の春美さんの様子を知れたことはよかったと思う。

今は何時なんだろう。教室には、花ちーたちもいない。

まあいいや。なんか疲れたし。

あたしは自分の席にどさっと座ると、ため息と一緒に机にうなだれた。

ちょっとしょっぱいような、木の匂い。

学校の机って、どれも同じような匂いがするの不思議。

「あたしさぁ、逃げてたんだよね」

自然とそんな言葉がこぼれた。

さっき死神先生に言われた「考えることから逃げてきた」という言葉。

あれにカッとなったのは、ズボシだったから。

「春美さんにとって自分がどんな存在か、とか。本当は春美さんは、あたしを心っから愛してるはず、一人娘なんだから、とか。そうやって言い聞かせてきたの」

本当はずっと、期待してた。

お腹を痛めて産んだ我が子を愛さない母親なんかいないって、そういう言葉を見かけるたびに。

春美さんと自分もそういう関係に違いないって。

現実を見れば明らかだったのに、向き合うことから逃げてきた。

こうやって頑張ってれば、いつかきっと。

春美さんの役に立てるようになれば、いつかきっと。

あたしがお金持ちになったら、いつかきっと。

「でもさぁ、仕方ないじゃん？」

死神先生は、何も言わない。

励ます言葉も、同情する言葉も、あいづちすらも。

「仕方なかったんだよ。だって逃げなきゃさ、あたし頑張れなかったんだよ」

そうやって口にすると、胸の奥がぎゅうっと苦しく、心細くなっていく。

「春美さんにはあたしがいなきゃ、って……思わなきゃさぁ……どうしようもなかったじゃんか……なんのために生きてんのって、なっちゃうじゃんかぁ……」

右の頬を机につけたまま、涙がぽろぽろと零れ落ちた。

知りたくなかった、とかじゃない。

きっとあたしは、知っていたし、気付いてた。

だけどずっと、知らないふりを、気付かないふりをしてきたんだ。

春美さんは、あたしなんかいなくたって生きていける。

春美さんは、あたしなんかいなくたって幸せで。

「……なんか、言ってよ……」

ぽろり。

ぽろり。

涙が机に滲んで、木の匂いが強くなる。

「……なんか言ってよ、死神先生！」

思わずそう泣き叫ぶ。

死神先生は窓の外を眺めながら、黙ってあたしのそばにいた。

◆

人生とはムジョウである、と昔どっかの偉い人が言ったらしい。

だけどこの狭間の世界も、同じようにムジョウであるとあたしは悟っていた。

「マジ無理！　こんなブスな自分無理！」

こっちの世界にも、一応時間という概念はあったらしい。

教室で泣いてたあたしはそのまま眠っていたみたいで、気付くと教室内では朝礼が行われていた。

いつも通りきっちり、みんなが校則を繰り返してるとこで目が覚めた。

「大丈夫だよ、かわいいよ」

「花ちー、女神すぎない……？」

朝礼後、窓に映った自分を見て目が飛び出るかと思った。

顔がむくみまくって、目元も腫れてて、別人かってくらいのひどさだったから。

それから手で目元を覆い、あたしは泣いたことを後悔しまくっている。

「泣いたのかい？」

そんなあたしのところにやって来たのは、デリカシーがありそうに見えてゼロの隼人先輩。

顔を覆ったまま無言でいると、隼人先輩があたしの前にどかっと座ったのが空気の動きでわかった。

「向こうの世界では泣けなかったという子達も多いからね」

静かに、隼人先輩が話し始める。

誰もがワケありな人生を送ってきている、というわけじゃない。

あたしみたいに家庭がちょっと複雑な子もいれば、いろんな悩みを抱えている子も、なんとなく毎日を楽しく過ごしてた子もいる。

だけどここに来たら、嫌でも自分自身と、現実と向き合わないといけなくなる。

その中で、堪えていたものや隠れていた感情が、爆発しちゃうこともあるのかもしれない。

「本当は人間、もっと泣かなきゃいけないのさ」

隼人先輩の言葉に、あたしは指の隙間を少しだけ作って彼を見上げる。

「だってそのために、人間の体では涙が作られるわけでさ。泣くことを我慢する必要なんて、本当はなくって。笑うことや喜ぶことと同じように、もっと自然に泣けばいい」

「でもなんか、かっこ悪いじゃん。それに苦しい……」

あたしが小さな声でそう言うと、隼人先輩はからっと笑う。

「生きてるから、なんだってさ。涙が出るのも苦しいのも、ちゃんと生きてるからなんだって。死神先生がそう言っていたよ」

「また死神先生かぁ……」

ため息と共に、あたしは顔を上げた。

隼人先輩の言葉を聞いて、なんとなく納得した部分もあったから。

泣くことは自然なことで、別に恥ずかしいことじゃないのかなって。

顔がむくんじゃうのだって、自然現象だし。

それにここにいる人たちは誰も、あたしが泣いてたって過度に反応しない気がした。

だってここは狭間の教室で。

みんな自分自身と向き合うことに集中してて。

その中で誰でも、泣いたり怒ったり笑ったりしてる感じがしたから。

「先生のくせに、昨日あたしが号泣してんのに慰めてもくれなかったんだよ？　腹立っ〜」

八つ当たりかもしれないと感じつつも、思い出すとムカついてくる。

それを正直に言うと、花ちーがくすりと笑った。

「でもわたしは、今の雅ちゃんの方が好きだなぁ」

「……ええ？」

「泣いたり怒ったり、本当の雅ちゃんを見れてる気がする」

「本当の、あたし……？」

「死神先生は、どんな姿でもちゃんと受け止めてくれるんだよ」

花ちーはそう言うと、窓の向こうに目をやる。

そこから見えるのは、空だけ。

「優しいんだよ、死神先生は」

「……ふぅん」

ムカつくっていう気持ちをそのまま表に出したのも、言葉にしたのも、いつぶりだったかな。

涙を流したのも、何かを言ってと自分の気持ちをぶちまけたのも、いつ以来だったんだろう。

本当は、花ちーの言葉もちょっとだけ理解できる。

死神先生と出会ってから気付いた。

ただ受け止めるっていう優しさも、あるのかもしれないって。

まあ、もうちょっと教師らしくしてくれてもいいけどね。

◆

「死神先生、ちょっといい？」

個部屋のドアをノックして、がらりと扉を開ける。

ナカセンだったら「返事があってから開けろ！」って顔を真っ赤にして怒るところだけど、死神先生は「ん、いーよ」と椅子ごと体を向けた。

まるであたしが来るって、最初っからわかってたみたい。

あたしはポケットから砂時計を取り出して、死神先生の机の上にコンと置いた。

ピンク色の砂は、今日もちょっとずつしか落ちていかない。

「これ、あたしのだけ壊れてない？」

この砂時計は、残された命の時間を表してるって、前に説明を聞いた。

狭間の教室にいるみんなはそれぞれに砂時計を持っていて、その砂が全部落ち切る前に、卒業試験に合格しようとしてる。

時間切れになると、強制的に生まれ変わりの道——しかも人間になれるって保証はないんだって——に送られることになるから。

人間きっと、選択肢があるのならば自分で選びたいって欲を持っているのかも。

だけどあたしは、早くこの砂が全部落ちてくれればいいのにって願ってる。

この間、春美さんに会いに行ってみてよくわかった。

やっぱりあたしは、桜庭雅の人生に未練なんかひとつもない。

この教室を出るには、試験に合格するか、砂時計がすべて落ちるか。

そのどっちかしかないから。

それなのに、ちょびっとずつしか砂が落ちてくれない。

「なんか他のみんなのより、砂が落ちるのが遅いんだよね」

今だって、まだ底が見えちゃってる。

「あーそれね。壊れてないよ」

「嘘だよ、だってみんなの、もっとサラサラ流れてるもん」

「そりゃそうでしょ。人それぞれ、残された時間が違うんだから」

「……つまり、どゆこと？」

死神先生はあたしの砂時計を右手で持ち上げると、しゃかしゃかと何度か振る。

それでも砂時計の落ちる速度は、ひとつも変わってくれなかった。

「桜庭さんに残された時間はたっぷりある、ってこと」

当たり前のように答える死神先生に砂時計を渡されて、あたしは普段使わない脳みそをフル回転させる。

ちょっと待って。

あたしは重度の熱中症で意識不明なんだよね？

そんなあたしに、残された時間がまだまだある？

それって、どういうこと？

あれ。そういえば父親が引き取ったって、春美さんが言ってなかった？

あたしは、父親がどこの誰なのかも知らない。

ただ春美さんはお酒で酔っぱらうと、いつも泣きながら「あの人は雅とわたしを捨てたのよ」と泣いていた。

「ねえ、死神先生」

「ん」

「今のあたしって、どこにいんの……？」

アパートの部屋で倒れて、意識不明になって。

それなのにあたしには、まだまだ時間がある。

それって――。

「桜庭さんのお父さんが経営してる病院。そこの特別個室だよ」

お父さん。

経営。

病院。

入院。

自分には縁遠かった言葉がいくつも出てきて、目の前がチカチカする。

待って、それってあたしの話？

どっかの違う桜庭雅の話じゃなくて？

「そりゃもう手厚い医療ケアを受けてるからね。そういう意味でも、桜庭さんの時間は十分すぎるほどにあるってわけ。身体的な部分は、だいぶ回復してるしね」

「はあ……」

なんだか実感がわかない。

まさか勤労ギャルの実の父が医者で、しかも、結構大きい病院を経営してて。

一度は捨てたはずの意識不明の生き別れの娘を、特別個室で看《み》てるとか。

そんなの、ドラマでしか起こらないんじゃないの？

「その父親って、家族いるの……？」

恐る恐る聞いてみると、死神先生は「いないんじゃない、多分」とおどけるように両手を広げる。

適当な物言いだけど、嘘をつくようには思えない死神先生の言葉は、あたしの心を少しだけほっとさせる。

だってこれで家庭持ってたら、あたしなんて完全に禁断の子みたいな扱いになるじゃん。

人に恨まれるのだけは、本当に勘弁してほしい。

「見てみる？」

「……え？」

「桜庭さんが元の体に戻ったら、どんな未来が待っているか」

ごくりと、喉の奥が上下するのがわかった。

たしかに前、死神先生はこう言った。

卒業試験に合格するためなら、過去にも現在にも未来にも行けるんだ、って。

「これは、元の生活に戻るという選択をしたときに想定されてる、もしもの未来なんだけど。でもまあ、現実になる確率はかなり高いはずだよ」

おまじないのように大事にしてた言葉が、喉の奥からこぼれる。

「……時は、金なり」

何もしなくたって、あたしに残された時間はとても長い。

その間を、ずっとここでぼんやり過ごすわけにはいかない。
見つけなきゃ、本当の未練を。
自分のことは自分でどうにかするって、あたしがそう決めたんじゃん。
「――行くよ、未来」
あたしの言葉に、死神先生はドロップスの缶を振る。
出てきたグリーンのドロップス。
あたしはそれを、深呼吸してからぱくんと一気に口に入れた。
深呼吸をすると、爽やかな甘みが喉の奥まで広がった。

◇

住んでたアパートよりもずっと大きな部屋で、あたしは目を覚ました。
ふかふかのベッドの中で伸びをすると、なんだかいい香りが漂ってくる。
ベーコンを焼いたみたいな、おいしそうな匂い。
「わ、めっちゃ豪華……」
ベッドから抜け出して、改めて部屋を見る。
タワーマンションっていうやつかも。遠くまで見渡せる景色が、窓の向こうに広がっている。

部屋の中は綺麗に整えられていて、棚には高そうなバッグなんかも飾ってあった。

ちょっと見ただけでも、贅沢な暮らしをしているのがわかる。

「雅、朝ごはんできたぞー」

ドアの向こうから男の人の声がする。きっと、父親だ。

時計を見れば、午前七時ちょっと過ぎ。

すご、朝ごはんをお父さんが作ってくれんの？っていうか、この時間はスーパーでバイトしてたのに。

未来のあたし、すごい贅沢な生活送ってるじゃん。

パジャマも有名なルームウェアブランドのもので、もこもこで最高。

思わずゆっくりとこの生活を噛みしめそうになって、はっと気付く。

あたしには、十一分しかない。

その短い時間で、この未来の状況を把握して、本当の未練を見つけなきゃいけない。

着替えもせず、部屋のドアを開けてリビングへ向かう。

「おはよう雅」

「あ……、おはよ……」

初めて会う父親は、とてもとても優しそうなおじさんだった。

これまで春美さんが付き合ってきた誰よりも、穏やかで紳士的だ。

――この人が、〝お父さん〟。

頭ではわかっていても、やっぱりどっか現実味がない。

自分と似てるところを探してみても、よくわかんなかった。

「さ、座って。今朝は雅がこないだおいしいって言ってた、スイスのチーズを買ってきたから」

こんがりしたトーストに半熟の目玉焼きとグリーンサラダ。

カリッと焼かれた分厚いベーコンの脇に、絵本に出てきそうな三角のチーズ。

こんな豪華な朝ごはん、テレビでしか見たことないよ。

リビングも体育館みたいに広くって――さすがに言い過ぎ？――、キッチンだって大理石。

大きな窓の向こうにはどーんとテラスがあって、ベンチとか植物でおしゃれなカフェみたいになってる。

あ、東京タワー見えるじゃん。

「今日は大学、たしか二限からって言ってたよな」

「あ、うん」

適当に話を合わせる。

そっか、今のあたしは大学生なんだ。

高校を出たら働くとばっかり思ってたのに、あれをきっかけに人生がぐるっと変わったみたい。

「昨日は楽しかったよ。雅の大学の友達も来てくれたし」

嬉しそうに話す〝お父さん〟の様子を見ると、昨日はホームパーティーみたいなものが開かれていたのかも。

「雅の彼氏にも会えたしなあ。また連れておいで」

「わ、わかった」

びっくりした。あたし、彼氏までいんの？　ちょっと完璧すぎて怖いくらい。

「昨日の楽しそうな姿を見て、お父さんも嬉しかったよ」

「う、うん。ありがとう」

そう言いながら、ナイフで切ったベーコンを口に入れる。

うわ、何これめっちゃおいしい。

ベーコンってもっとぺらっとしてるもんじゃなかったの？

「雅には、たくさんつらい思いをさせてしまったから……。これからは自分自身のために生きてもらいたいと思ってるんだ」

眉を下げながら微笑む〝お父さん〟の言葉に、あたしはちょっと思いを馳せてみる。

自分自身のために生きる、なんて。そんなの、考えたこともなかった。

ずっとずっと、春美さんのために、生きていくために、頑張らなきゃって思ってきたから。

だけど未来のあたしは、あんな風に必死に頑張らなくたっていいらしい。

「もう心配しなくていいからな」

きっといつも、〝お父さん〟はこのセリフを言っているんだろうな。

ここのあたしは、耳にタコ状態かも。

自然な流れでこんな話が朝ごはん中に繰り広げられるなんて、正直たまったもんじゃない。

「お父さんを信じて、全部任せてくれたらいいから」

まっすぐに目を見て、そう言った〝お父さん〟。

そのときに、心臓のあたりをぐんって突き上げる何かがあった。

――信じて？

――誰を？

――何を？

浮かんできた疑問は、そのまま口から滑り落ちる。

「それなら、捨てたりしなきゃよかったじゃん……」

わたしの本音に〝お父さん〟は顔色を変えると、動揺したように「雅、ちゃんと説明させてほしい」と口を開く。

「いいって。いいよ、そういうの」

「本当に、色々あったんだ。お父さんはな、決してふたりを」

「わかってる。わかってるよ」

きっと〝お父さん〟が言う通り、色々あったんだと思うよ。

酔っぱらった春美さんの「捨てた」って言葉が、全部全部本当だなんて思ってるわけじゃないよ。

だけどね、そんなのもう、どうでもいいんだよ。

あたしには、大人の〝色々〟なんて関係ない。

春美さんがずっと泣き続けたのも、あたしが本当はずっと寂しいって思ってたのも、それはもう、何があっても変わらない事実なんだよ。

「無理だよ、やっぱり。信じられない」

ああ。

あたしわかったかも。

なんであたしが、狭間の教室に行っちゃったのか。

――本当はあたし、誰かを心っから信じてみたかったんだ。

◇

「桜庭さん、不合格」

　ぐすっと洟をすすり、目元を袖で強く拭う。

「知ってるし、そんなの」

　誰もいない教室。

　向き合う形で立っている死神先生のお腹あたりに、八つ当たりでパンチをする。

　もちろん、力なんか入ってない。

　ぽすっ、とそれは情けない音をたてた。

「だけどまあ、惜しかったよね。どうすれば合格するか、本当はわかってたでしょ？」

　いつも通り飄々と、死神先生はそう言う。

　きっと全部、見てたんだろう。

「ほんっと、悪趣味」

「仕事だからねえ」

「ムカつく」

　ぽすっ。

　もう一度、死神先生のお腹にグーをあてる。

ぽすっ。

手を入れ替えて、もう一度。

ぽすっ。ぽすっ。

そうやってしている間に、どんどん涙が溢れてきた。

あたしだって、バカだなってわかるよ。

〝お父さん〟を信じれば、満たされた生活が送れるはずで。

バイトばっかじゃなくて、友達と遊んだり、彼氏とデートをすることだってきっとできて。

おいしいものを食べて、ふかふかのベッドで眠って、海外旅行とかだって行けてさ。

みんなが羨むような生活が送れたはず。

だけどそんなの――。

「あたしが欲しいのは、心っから信じられる人なんだよ……」

ぽすっと、もう一度死神先生のお腹をパンチして、そのまま自分の額《ひたい》をそこに埋めた。

いつも飄々としていて適当で、人間なのか死神なのかもよくわかんない死神先生。

だけどそのシャツからは、ほんのりと柔軟剤の香りがして、あたしは小さく笑った。

泣きながら、笑った。

優しい言葉と裕福な生活をくれる〝お父さん〟よりも、正体不明でわけのわからない死神先生の方が、ずっとずっとあたしにとっては本物だ。

「そんで、最後の卒業試験だけど――」

死神先生は、どんなときも変わらない。

今だって、こんなにかわいい女子高生のあたしが超至近距離にいて、胸元に顔を埋めてるっていうのに、動揺ひとつもしてくれない。

くそぉ、ムカつくなぁ。

だけどなんか、落ち着いちゃうあたしはどうかしてる。

「死神先生」

「ん?」

「あたし、自分で生き方を決めていいんだよね?」

あたしの言葉に、死神先生はゆっくりと頷いた。

「――さあ、きみは何を選ぶ?」

いつもの適当な、からかうような響きじゃない。

きっとこれは、死神先生の心からのエールで。

素直に気持ちを表現することのない死神先生の、隠しきれない優しさで。

そっか。やっとわかった。あたしが、どうしたいのか。

これから先を、どう生きて、どう過ごしていきたいのか。

「あたし、卒業試験受けない」

「……は?」

珍しく、死神先生の語尾が上がる。

「あのさ、きみわかってないみたいだけど。留年ってことになるんだよ?」

「いいよ、なんか留年って響きかっこいいじゃん」

「だからさ、相当のリスクがあるって言ってんのさ。もう二度と、人間どころか微生物にも生まれ変われないかもしれないんだよ?」

「だーかーらー。あたしの気持ちは、もう決まっちゃったんだってば」

あたしはその位置で顔を上げると、涙を拭いて、にっと口の両側を持ち上げた。

死神先生のいつもの表情を真似るみたいに。

「ずっとずっと、死神先生のそばにいてあげる。それでいつかさ、お嫁さんになってあげてもいいよ」

死神先生の目は、一瞬大きく見開かれたように見えたけど、あっという間にいつもの面倒くさそうな表情に変わる。

「全然おもしろくないんだけど、それ」

「死神先生、彼女とかいる?　いないっしょ?」

「僕はもう人間でもないんだけど」

「あ、やっぱりもともと人間だったんだ？」

「どうでもいいでしょ、僕のことは」

「よくないよ、あたしの未来の旦那さんだし？」

「ないでしょ、ないない」

手であしらいながら、死神先生は廊下に出ていく。

あたしはそれを、スキップを踏みながら追いかけた。

――誰かを心から信じてみたかった。

――そんな人と、出会ってみたかった。

悔しいけどさ。

あたしの願いを叶えられるのは、死神先生しかいないみたい。

エピソード3

【ハローマイフレンド】

お前と俺は、よく似てる
意地っ張りなところも
素直じゃないところも
どこまでも強がりなところも

一見正反対に見える俺たちだけど
まるで違う世界で生きてるような俺たちだけど
それでもやっぱり、似た者同士だと思うんだ

◆

俺の人生は、良くもなければ悪くもないものだった。

周りからは眉をひそめられ、教師たちからは呆れられ、同級生たちからは遠巻きにされ。

だけどひとりでいることは、俺にとっては結構気楽で。

やりたいことも特になければ、大事に思う人なんかもいなかったし。

のらりくらりと自由気ままにやってきただけだから、思い残すようなこともないし。

ただまあ、死因については納得はしていないけど。

あ、思い出すとむかつくからこの話はやめる。

「どうも、ジャクソン倉元《くらもと》です。父親がアメリカ人ででっかい会社やってて、俺は成績優秀な空手日本一のエリート高校生で」

「来て早々嘘つく転校生は初めてだなあ。どこがジャクソンだって？　倉元ハルくん」

パタパタと黒い名簿を仰ぎながら、隣に立つ男が言う。

やたらと生徒数の少ない、古い教室。

隣の男が唯一の大人だから、教師ってところだろう。

黒いパーカーに黒い白衣。適当で胡散臭《うさんくさ》い雰囲気をまとってるくせに、顔がやたらと整っているのが気に食わない。

「いいじゃん別に」

チッ、と舌打ちを吐き出しながら赤い短髪をガシガシと混ぜる。

すると、教師が「ふーん、反抗期真っ只中かあ」と首を竦めた。

そんなんじゃねえよ、と言い返すのをぐっと堪えた。

ここで言い返したら、それこそ反抗期だって言ってるようなもんだから。

「生まれ変わったも同然だろ、どうせ俺死んだんだし」

何食わぬ顔でそう言いながら、勝手に空いている席にすたすたと歩いてく。
「死んでないけどね」
後ろで、教師がそう言うのが聞こえる。
意味不明だから、反応しないことにした。
だって俺、死んでるし。
だからこそ、こんなよくわからない教室にいるんだし。
ちゃんと死んだ瞬間だって覚えてるし。
「倉元くんは歩道橋から落下して、頭を強打。それで意識不明ねー」
他の生徒たちに説明しているのか、次いでそんな言葉も聞こえてくる。
いや、その情報聞いて誰が得すんの？
なんだ、やっぱ死後の世界もくだらねえんだな。
ガタンとわざと音をたてて、後ろの席に腰を下ろす。
だけど誰も、こちらを振り向いたりはしなかった。
「それじゃ、校則いっとこうか」
教師の声を合図に、生徒たちが声を合わせて何かを唱える。
何これ、呪いかなんか？　いやまあ、校則っつってんだからそうなんだろうけど。
若干の気味悪さを感じつつも、それを顔には出さない。

一、狭間の教室ではナンタラカンタラ――。
もちろん、内容なんて頭に入ってこない。

理解したいとも思わないし、興味もないし。

校則を唱え上げる時間が終わると、空気がざわりと揺れるのがわかった。

学校の休み時間になったみたいな、そんな感じだ。

何人かは雑談を始めている。

まあ、俺に話しかけてくるようなもの好きはここにもいないだろうけど。

そのくせ、ひそひそ言いながら盗み見ることだけはするんだろうな。

『あいつは不良だから』とか『喧嘩ばっかしてる』とか『警察に監視されてるらしい』とか。

直接言ったりしてこないくせに、あることないこと噂して。

監視してんのは警察じゃなくてそっちだろ、って言ってやりたいくらいだけど。

まあ、誰も関わろうとしてこない方が気楽でいいけどさ。

ガッと足を広げ、ふんぞり返るように椅子にもたれかかった。

「その赤髪って、一度ブリーチしてるっしょ？」

軽やかな声が、耳に入ってきた。

明るくて元気のいい、女子の声だ。

「あたしも赤入れたら、そのくらい綺麗に入るかなぁ」

前の席に座っていた女子が、自分の金髪を撫でつつ唇を尖らせる。

しかも、俺と目を合わせながら。

――まさか、俺に言ってる？

「ジャクソンくん、かっこいいよね。そんな赤が似合う男はなかなかいないよ」

今度はその隣にいる、前髪の長い男が振り返る。

ヨレヨレの白いシャツが、旅人みたいにくたびれて――いや、いい感じになっている。

「ところでそれ、シャワーのときに色落ちしたりしないのかい？」

――もしかして、俺の髪の毛の話か？

これまでではありえない状況に、うまく頭が回らない。

そうこうしているうちに、別の生徒の声も加わる。

「今の時代って、そういう色にできるのね。すてき」

ふふっと柔らかく笑ったのは、俺の隣のおさげ女子。

古風な雰囲気がおしとやかな子で、それこそ俺とはまったく違う世界に住んでそうなタイプ。

――す、すてき？　何が？　誰が？

彼女もまた、俺の方をまっすぐに見てる。

「もしかして、俺に話しかけてる……？」

思わずそんなセリフが出ると、おさげ女子はおもしろそうにくすくすと笑ってから右手を差し出した。

「狭間の教室へようこそ、ジャクソンくん」

俺、ジャクソンじゃないんだけど。まあ、自分で名乗ったんだけどさ。

でもそんなの、誰も相手にしないジョークだったろ？

「……なんだ、ここ」

思わずそう呟く。

そうしてその五分後には、俺は教室にいる全員と握手を交わしていた。

話しかけてきた、三人の生徒に促されるがままに。


狭間の教室、というのがこの場所のことらしい。

なんでも、あの世とこの世の狭間だとかなんだとか。

死の世界への控室みたいなモンかもしれない。

話によると、俺は今、意識不明ということで、完全に死んだわけじゃないみたいだ。

「そんで、俺はいつ死ぬわけ？」

教室の黒板の前。

担任である〝死神先生〟に呼ばれた俺は、ポケットに両手を突っ込んだまま聞いた。

「それはジャクソンの試験次第でしょ」

「こんな状況でも試験とか言うんだ」

「そりゃね。卒業試験は受けないと」

「それなら俺、落第確定だと思うけど。勉強なんて全くしてこなかったし」

「まあ三回チャンスあるからね。下手な鉄砲も数撃ちゃ当たるってよく言うし、とりあえず受けといたら？」

「は？　三回もあんの？」

俺が大きな声を出したって、クラスメイトたちは思い思いに過ごしていて誰も気にしない。

ここにいる人たちは、基本的に他人に興味がないらしい。そのことは、俺にとってはなんとなく気楽だ。

あっちの世界ではひそひそチラチラ、関わりたくないくせに干渉したい人間ばっかだったから。

「倉元ハル、十六歳。高校には通っているものの、遅刻常習犯。簡単に言えば、不良少年。対人関係トラブルで歩道橋から落下し、現在意識不明」

思い出したくもないことを言葉にされて、また舌打ちが出る。

不良少年とか、対人関係トラブルとか。

好き勝手言ってくれるよな。なんにも知らねえくせに。

「それじゃ、ざっと説明するよ。校則なんか聞いてなかったでしょ？」

こっちが不機嫌さを前面に出しているにもかかわらず、カラスみたいな真っ黒い白衣――てか白衣って呼べんの？――を着たこの教師は、顔色ひとつ変えない。

苛立つ様子もなければ、気にかけるそぶりもないし、顔色を伺うようなこともない。

ただ飄々と、伝えるべきことを言っているだけ、みたいな感じだ。

「これ、ジャクソンに残された時間ね」

「砂時計？」

手渡されたのは、古めかしい砂時計。

中の砂の色は、濃い緑。

上から下へと、砂はサーサーと落ちていく。

上下に振ってみたけど、落ちてくスピードは変わらない。

試しに逆さにしてみると、砂は下から上にのぼっていく。それが気味悪くて、すぐ元に戻した。

「この砂が落ち切る前に、卒業試験に合格すればいいってわけ」

残された時間、って言ってたっけ。

つまり砂が全部落ちたときが、俺が死ぬときってことか。

「卒業試験って、何すんの？」

さっきも言ったけど、勉強は壊滅的だ。

正直英語なんて、アイアムジャクソンくらいで止まってる。

だけど九九は覚えてる。多分。

「簡単だよ。本当の未練を見つけて、解消するだけ」

「は……？」

想像もしていなかった答えに、頭の中では関係のない九九がいくつも浮かんで消える。

いんいちがいち、いんにがに。

さんごじゅうご、さぶろくじゅうはち。

みれんのかいしょう、なんだそれ。

――なんだ、それは。

「意味わかんねえよ、成仏できねえ幽霊かよ」

「今のジャクソンは魂の状態なんだから、変わんないでしょ」

俺の方なんて見もせずそう言い放つこの教師。その通り過ぎて、言葉に詰まったのが腹立たしい。

それを逃すように、顔を背けて息を吐き出す。

なんだか、気付くと相手のペースに巻き込まれている感じだ。

雰囲気はとてつもなくゆるくて適当で、言うことだって教師っぽくない。

それなのに、この人の言葉は常に核心をついてくる心地悪さがある。

必死に隠してきた本心とか自分の弱い部分とか、そういうのを見透かしてくるような。とにかく、嫌な感覚だ。

それに呑み込まれないよう、あえてしっかり胸を張る。

「で、合格したらどうなるんだよ」

語調を強くしてみたけど、また「強がり」だとか「反抗期」だとか言われそうな気もして、なんとなく横を向く。

だけど今度は、そういったことは言われなかった。

「合格すると、ジャクソンはふたつの選択肢を手に入れることができる。ひとつは元の体に戻ることで、もうひとつは輪廻転生。簡単に言えば、生まれ変わりだね」

「流行りの転生ものかよ」

「へえ、そういうの流行ってんだ。僕の頃は〝転生〟なんて言葉、日常で使わなかったけど」

「時代の流れについてけてないんじゃん？」

「そんなの必要ないでしょ。向こうでの流行りなんて、こっちの世界では関係ないもんね」

さらっと放たれた言葉に、ひやりと肝が冷える。

今さらながらに、ここが死に限りなく近い場所だと突きつけられた気分だった。

それを、なんともないように捉えているこの教師が、心底不気味に思える。

「砂時計が落ち切る前に、合格しちゃってね。ササッとさ」

「さっき言ってた制限時間が、これ……？」

「そ」

「間に合わなかったら……？　合格できなかった場合は……？」

「輪廻転生に強制的に送られちゃうね。あ、ちなみにそっちは、人間に生まれ変われるとは限らないからね」

「例えば……」

「命あるものなら、なーんでも。ゾウとか犬かもしれないし、カナブンとかミジンコとか？　あと植物かもねー」

一度感じてしまった恐怖心を、一瞬でなくすことは不可能だ。

普段ならば売り言葉に買い言葉が得意な俺でも、咄嗟《とっさ》に返すセリフが出てこなかった。

別に今までだって、いい人生を送ってきたってわけじゃない。

人気者なわけでもないし、むしろその反対で疎《うと》まれることも多いし。

俺を大事に思ってくれる、かわいい彼女がいるわけでもないし。

両親だって、問題ばっか起こしてる俺が意識不明になって、どっかほっとしてるかもしれないし。

「ミジンコ、かよ」

だからといって、自分から進んでそういうもんになりたいかって聞かれれば、そんなのは嫌に決まってる。

ミジンコの一生がどんなもんかは知らんけど。

「はあ～っ……」

ただとりあえず、ここでは教師の言う通りにするしかなさそうだ。

こんな場所で、俺ができることは他にない。

学校から抜け出すことも考えたけど、多分無理だ。

廊下は左右どちらを見ても、その先が見えないほどに長くって出口なんかなさそうだった。

窓の向こうには、気味が悪いほどにひたすら広がる青空があるだけ。上も下も、右も左もない。

マンションの二階から飛び降りたことのある俺でも、さすがに同じことをしようという気にはなれなかった。

皮肉なもんだ。

俺はもう今すでに、死に近い場所にいるはずなのに。

「未練を解消すればいいんだよな……？」

「そ。本当の未練ね」

ふう、と大きく息を吐く。

酸素が肺に入ってくれば、じわじわと広がっていた恐怖が縁取りを薄くするのがわかった。

恐れても、何も変わらない。

とにかく俺は、俺がやり残したことをやればいい。

もう一度、今度は大きく深呼吸をする。

目を閉じて、瞼《まぶた》の裏に浮かぶのはとある人物の顔だ。

俺が、こんなところに来るきっかけとなった人物。

あいつのせいで、わけのわからない状況に陥った。

ゆっくりと目を開けると、ゆるりとこちらに視線をよこした教師と目が合った。

「ぶん殴りたいやつがいる」

俺にとっての未練。

それは、因縁の相手である小林修《こばやししゅう》を殴りそこねたことだ。

◇

——親友。

恥ずかしげもなく言うならば、修と俺はそんな間柄だった。

小学生に上がるときに入った、空手の道場。そこで、俺たちは出会った。

優秀な私立小学校に通う、ザ・優等生な修と。

普通の公立小学校に通う、ザ・やんちゃ坊主な俺と。

普通に生きてれば決して交わることのなかった俺たちは、空手を同時期に始めたことで繋がった。

何もかもが正反対の俺たちだったけど、道場に同い年の子供が他にいなかったこと、母親同士がなんとなく気が合ったこともあって、あっという間に仲良くなった。

真面目で秀才タイプの修と、テンションと勢いで乗り切る俺は、同じスピードで着々と帯の色を更新していった。

稽古《けいこ》の前後では組手をして、道場を出てからは走り回って過ごした。

母親たちから「もう帰るわよ」って何度も何度も言われながら。

きっと俺たちは、ずっとこんな風に過ごしていくんだろう。

大人になっても、おっさんになっても、じいさんになっても。

そう信じて疑わなかった。

この関係が壊れる日が来るなんて、思ってもいなかった。

――あの頃は。


「っておい！　誰だよこれ！」

「まさか、元の姿で戻れるなんて思ってた？」

のらりくらりとした物言いの教師に、馬鹿にしやがってと舌打ちが出る。

それにしても、どういうことだ。

ここは昔通っていた道場のすぐそばで、古着屋のショーウィンドウに写ったのは大学生くらいの黒髪の見知らぬ男。と、スーツ姿のあの教師だ。

「これ、俺？　何、このだせぇ服」

白シャツに紺のチノパン、さらにはリュックという、本来の自分とはかけ離れた服装。最悪なことにメガネまでしている。

インテリ気取った大学生って感じで、〝こうじゃない感〟がすごい。

「ジャクソンは意識不明でしょ。それなのにそのまま現れたら、みんなびっくりするからねえ。今のきみは、ジャクソンの従兄《いとこ》である〝壮太《そうた》〟とでもしておこっか」

「俺、従兄いねぇけど」

「自己申告しなきゃバレないよ」

「それ、大人が言っちゃう？」

「殴り合いなんて、初めてちゃんと見るよ」

「……あんた、本当に教師かよ」

「いいね、青春って感じでさ」

だめだ、何を言ったってこの教師には響かない。

それより、卒業試験のことを考えないと。

試験を受けられるのは三回まで。

過去、現在、未来のどれかに計三回、十一分ずつ行くことができて、その中で未練を解消すれば無事合格ってこと。

未練なんてハッキリしてる俺は、速攻で今の修の元へ行くことを選んだ。

そして怪しいいちご味のドロップスを食べた瞬間、こんな姿になっていたというわけ。

「まあいいや、とりあえずこれで修を殴れば未練解消で、俺は晴れて合格ってことだ」

「ふーん。で、そのあとどうするの？」

「そりゃ生き返るだろ」

「それで？」

「修を殴る」

「………」

長い沈黙のあと、教師はぱちぱちと拍手をする。感情の読み取れない顔のまま。

「ここまで来るとすごいね。あっぱれ」

「俺からあいつへの怒りは、一度殴ったくらいじゃ収まらねえんだよ」

「殴り合いが趣味って、なかなか稀有《けう》だね」

「趣味なわけねえだろ。あのなあ、俺さ、死ぬ間際なんだっての。その原因があいつなんだから、何度か殴らないと割に合わないだろ？」

「ふーん。まあそれなら、気が済むまでやってみればいいよ。合格できたら、だけどね」

「……あんた、やっぱエセ教師だろ」

普通は教師とか大人って生き物は、暴力なんて絶対にだめだと言う。

暴力はなんの解決にもならないとか、なんのために口があるんだとか。

そんな綺麗ごとで全部解決すんなら、世の中もっと平和だろうが。

だけどこうやって言われると、なんとなく心もとなくなる自分もいる。

こんなの、俺らしくもない。

ああ、腹が立つ。この教師といると、知りたくない自分の一部が見えそうになる。

「あ、あれ修くんじゃないの？」

そんな俺とは対照的に、あっけらかんと教師が言う。

指差すのは、道場の入り口だ。

「なるほどね」

「なんだよ」

「ジャクソンがひねくれちゃうのも仕方ないかもね。相手があれだけ完璧じゃねえ」

「あんた、あいつのこと見たの初めてだろ？　外見はともかく、中身まではわかんねーじゃん」

「でも生徒会長もやってんでしょ？　人望も厚い」

「げ……、なんで知ってんだよ」

「そりゃ、資料にあったからでしょ」

したり顔の教師に、俺はため息をつく。

黒くてさらりとした髪の毛に、整った目元と、控えめな鼻筋。小さい頃から「空手王子」なんて呼ばれていたのを、忌々《いまいま》しく思い出す。

色白で一見華奢に見える鍛えられた体と、真っ白な胴着。

そんな修の姿を見た瞬間、ぐわっと腹の奥底から熱い怒りがこみ上がった。

こいつさえいなければ、俺が死ぬことはなかった。

――こいつさえ、いなければ。

衝動に任せ建物の角から飛び出して、修の左肩を後ろから強く引く。

「おい、待てよ！」

修はとっさに体を捻《ひね》り俺の手を振り落とすと、距離を取ってこちらを見据えた。

いつでも応戦できるよう、構えの姿勢を保ったまま。

「なんですか、突然」

突然見知らぬ年上の男に突っかかられたというのに、修に怯える素振りはない。

それどころか、冷静な、それでいて射抜くような視線で俺を見た。

――こいつ、普段と変わらない。俺が、意識不明だっていうのに。

「お前、ふざけんなよ！」

見た目は穏やかそうな男子大学生でも、中身は俺だ。勢いのまま怒鳴りつける。

「なんのことですか？」

それでも修は、やっぱり怯んだりしなかった。一切の隙もない。

そうだ、それこそ修は昔っから言っていた。

暴力じゃなんにも解決しないんだ、と。

綺麗ごとばっか言って、いつだって正しくって。肝心なことは言わなくて。

本当に、本当に腹が立つ野郎だ。

「俺――ハ、ハルがどういう状況かわかってんのかよ！」

ここで若干の理性を取り戻せたことは、自分で自分を褒めてやりたい。

とそこで、初めて修が一瞬だけ表情を変えた。

「ハルの……」

「従兄だよ、従兄！」

ちらりと後ろを振り返ったが、いつの間にかあの教師は消えていた。

無責任なやつめ。

そんな思いがよぎったものの、別になんの支障もない。

あの教師がいようがいまいが、俺がやることは決まってるんだ。

「お前のせいでハルは歩道橋から落ちたんだろ！　それなのにお前はこうやって普段と変わらず稽古かよ！」

修はすっと、構えの姿勢を解いた。さすがに殴ってはこないと高を括《くく》ったんだろう。

そしていつもの表情に戻ると、黙りこくった。

「何か言えよ！」

俺が続けても、修は口を開かない。

「言い訳でもなんでもすればいいだろ！」

口を真一文字に結んだ修に、〝あのとき〟の修が重なっていく。

まただ。

言いたいことがあるはずなのに、大事な何かを抱えているはずなのに、こいつは頑なに口を閉ざして――。

「お前、そうやっていつも何も言わないんだな！」

怒りがピークに達し、無意識に右手を思いきり振りあげた。

その瞬間、修の目線は俺の拳を捉えていた。

――それなのに。

ガシャンッ！

ゴミ置き場に、勢いよく修が倒れる。

俺の拳を、まともに顔面にくらった衝撃で。

あっけない。

ありえないくらい、あっけない。

それと同時に、さらなる怒りが足元から上がってきた。

俺のこんな突きくらい、簡単に受けられるはずだ。こんなまともにくらうわけがない。

空手の県代表選手である修が、こんな隙だらけなわけがない。さっきだって、俺が振りあげた拳を、しっかりと視界で捉えていた。

——ふざけんな。意味わかんねえよ。なんで何も言わないんだよ。なんで簡単に殴られてんだよ。

ビリビリと右の拳に痛みが広がる。

たった一度。しかも、全力で殴ったわけじゃない。

それなのに、痛い。

そのことが、俺の神経をさらに逆撫でしていく。

立ち上がろうともしない修は、片手で口の端をぐっと拭うとゆっくり顔を上げかけた。

その瞬間、目の前が真っ白に弾け飛んだ。

修がどんな表情をしていたのかは、見ることができなかった。

◇

気付くと狭間の教室で、俺はあの教師と向かい合っていた。

「ジャクソン、不合格」

飄々と試験結果を告げる教師に、俺は噛みつく。

「当ったり前だろ！　一回殴ったくらいじゃ気が済まねえよ！」

「百回殴ったって不合格でしょ」

「くそ！」

この状況も、目の前の教師も、もちろん修も、何もかもが忌々しくてどうしようもない。

こんなに胸糞が悪い経験なんて、今までしたことがない。

「あいつ、ほんっと許せねえ！　俺がこんな状況なのに淡々と生活しやがって。しかもまた黙りこくって、あんな簡単な突きをくらいやがって……」

怒りの下から、今度はやりようのない悔しさと寂しさみたいなもんが湧き上がる。

空手では、拳での攻撃を〝突き〟と呼ぶ。

幼い頃からやっていたせいか、今でも俺のスタイルは空手の影響を受けているところが大きい。

「ジャクソンは喧嘩が好きなの？」

「は？　好きなわけねえだろ。相手が殴ろうとしてくるから、仕方なしにやってるだけだよ。せーとーぼーえー」

「だけど修くんは、攻撃しようとしてなかったでしょ」

「……うっせーな」

チッ、と舌打ちが響き渡る。

「本当、青いねきみたち」

「はあ？　きみたちってなんだよ、たち、って」

「ジャクソンと修くん」

「一緒にすんなよ」

「ふたりとも、似た者同士でしょ」

「……んなわけねぇだろ」

マグマみたいに煮えたぎっていた怒りは、いつの間にか虚しさに変わっている。

教師は教卓の上に置いてある、まりもの入った小瓶を持ち上げると「僕たちも似た者同士だよね」と子供をあやすように言う。

つっこむのも面倒だから、何も言わずなんとなく右手をポケットへと押し込んだ。

ひりひりと、拳は熱を放っている。

「きみたち、同じ道場に通ってたんだってね」

「……まあ、そうだけど」

多分この教師は、だいたいのことはなんでも知っているんだと思う。

もともと人間かどうかもわかんないし、ここも現実の世界とは違うんだろうから、今さらどんなことがあったって驚いたりはしないけど。

「資料によると、高校で再会したんだって？」

「なんの資料だよ」

「資料は資料。それよりちゃんと話してよ」

質問したって、すごんだって、この教師は自分の知りたいことだけを追求してくるだろう。

俺は大きくため息をつくと「まあね、そんな感じ」と適当に答えた。

小学一年生になると同時に通い始めた、空手の道場。

最初のうちは、ふたりそろってできることが増えていった。

だけど、少しずつ修の方が先をいくようになっていた。

それでも不思議と、悔しさや空手への苦手意識なんかは生まれなかった。

帯の色が違ったって、修の方が強くたって、俺は道場に行くのが楽しみだった。

そこに行けば、修がいて。俺たちは、親友で、よきライバルでもあって。

ふたりだけの秘密の合図なんか作ったりして。

「いいね、青春だ」

目を細めて、鼻から空気を思いきり吸い込んだ教師。

この人の周りにだけ、桜の花びらがチラチラ舞ってる幻覚まで見えた。

「茶化すならもう話さない」

「褒めてるんでしょ、青春なんて僕からしたら喉から手が出るほど欲しかったものだよ」

冗談なのか本気なのか、よくわからない言葉に戸惑っていると、「ホラ続き」と先を促される。

「まあでも、中学入って色々あって、俺は空手をやめて」

「色々って何」

「話したくない。黙秘権」

「ジャクソン、勉強してないって言うわりには難しい言葉知ってるよね」

「うるせぇ」

「そしてジャクソンは不良少年へ」

「まあ、それでいーよ。はいはい、不良少年な」

はあ、とため息をつき、改めて思い返してみる。

通っていた中学には、もともと同じ道場に通っていた先輩がいた。

その人が学校一の不良みたいな感じで、空手経験者である俺なら喧嘩も強いだろうからってことで、まあ、そっからはお察しの通り。

そんな〝不良少年〟である俺と、優等生で〝空手王子〟と評判の修が同じ高校に行くなんて。

俺だって想像もしていなかった。

俺が通う学校はピンからキリまで、みたいなところで、いろんなコースがある。

卒業したら就職する〝とりあえず卒業目標〟ってクラスがあれば、そこそこいい大学を目指す特進コースなんてのもある。

どちらも敷地内にはあるものの、校舎は別の建物。実際には同じ高校とは呼べないような感じだけど。

「高校入って修のことはすぐわかった。多分あいつもそうだと思う」

「ふーん」

「話したかったら、向こうから話しかけてくるだろ」

「なるほど。自分から話しかけて無視されるのが怖かった、と」

教師の言葉は、俺の心臓の奥部分にぐさりと刺さる。

気付きたくなかった本心に。

「ば、ばっかじゃねーの」

だからこうして、荒い言葉と勢いでそれを覆い隠す。

忘れようとしていた、中学時代のある記憶が蘇る。十三歳のときの、ある試合のときのことが。

また同じように、拒まれたら――。

湧き上がりそうになった思いを振り払うように「とにかく！」とひときわ大きな声を出す。

「高校で再会したからって、俺たちは完全なる他人だったんだよ。向こうは生徒会長でこっちは不良で。住む世界も違うっての」

早口にまくしたてている自分に気付き、俺はぎゅっと奥歯を噛む。

別に動揺する必要なんかないじゃん。こんなの、ただの事実なんだから。

「だけど修くんをかばって歩道橋から落ちたんでしょ」

「別にかばってねえし！」

「おかしいね、資料にはそう書いてあったのに」

「だから、なんの資料だよ」

答えなんか返ってこないのはわかってる。

俺はため息をまた挟むと、歩道橋での出来事を思い返す。

あれは、いつもと何も変わらない放課後。

特進クラスのネクタイをした男三人が、歩道橋の上り口のところに立っていた。

別に興味なんかなかったし、俺はそのまま通り過ぎた。

だけど少し行ったところで、修の名前が聞こえてきて、俺は足を止めた。

「あんな修くんのことを悪く言うなんて、怖いもの知らずだね」

当時のことを話し始めると、教師は耳を傾けるように体を少し前に倒す。

「生徒会長で空手の県代表でちょっとくらいモテてるからって調子に乗ってる、って」

「男の嫉妬か。見てられないね」

そいつらは、修が重度のマザコンだという弱みを握ったと話してた。

それを、今から修本人に伝えてやるんだ、と。

「で、修くんが歩道橋にやって来た」

「まあな、帰り道だったから」

「それで?」

「てか、なんで根掘り葉掘り聞くんだよ。資料に書いてあんだろ?」

「資料がすべてとは限らないでしょ」

「言ってること、めちゃくちゃじゃねえかよ」

まあ、どうでもいいけどさ。

とにかく三人組は、姿勢良く歩く修の前に立ちはだかった。

ニヤニヤと下品な笑みを浮かべながら、「待ってたんだよ、マザコン会長」「文化祭の準備を抜け出したのも、だーいすきなママと約束があったかららしいでちゅね」などと絡み始める。

嫌な場面に出くわしたと、舌打ちが出た。だけど俺には関係ない。幸い、修は先にいる俺には気付いてなさそうだったし、俺はそのまま階段を下りればいいだけだった。

それなのに。

「あいつ、何も言い返さなくて。ただ黙ってそこにいてさぁ。しまいには、あんな雑魚《ざこ》に肩をどつかれやがって」

有段者である修ならば、そいつらが手を出したところで簡単にかわせるはずだった。

それなのに、修はされるがままになっていた。

エスカレートしていく、修への攻撃。だんだん力が加えられ、ぐらりと一瞬、修がよろけた。

その瞬間、俺は叫んだ。「ふざけんじゃねぇよ！」って。

「腹が立ったのは、されるがままになってた修に対してだったのにな……」

気付けば俺は、追いかけていた。

修の肩を思いきりどついたひとりの男を。そいつが逃げていく、すぐ後ろを。

そうして、相手の首根っこを掴もうとした瞬間、背中に強い衝撃が走った。

突き落とされた、と気付いたのは数秒経ってから。

残りのうちのひとりが、階段に向かって思いきり俺を押したんだ。

そのまま俺は、頭から真っ逆さまに落ちていった。

修がどんな顔をしていたかは、そこからは見えなかった。

「ははっ……、バカかよ俺」

なんであのとき、歩道橋を通り過ぎなかったのか。

なんで絡まれてる修とやつらの間に、自ら入っていったのか。

くだらねえ言葉を投げつけられながら、体をどつかれていた修。黙ったまま、やられっぱなしだったあいつに、俺は心底腹が立った。

じゃあ殴ればよかったじゃん。

修を。

それなのに俺は、別のやつを追いかけた。

そんで隙作って、突き落とされるなんて。

「バカかよ……」

大嫌いなやつのために動いた結果、こんなわけのわからない場所に送られるなんて。

今度は情けなさが、怒りを簡単に覆い尽くす。

なんだよこれ、俺の情緒やばいだろ。

「人間らしくていいじゃない」

「は……？　何がだよ……」

「どれだけ強がったって、本心はひとつってこと。それを自分で受け入れるために、泣いたり笑ったり呆れたり怒ったり、心が揺れ動くんでしょ」

「あんま小難しいこと言うなよ……」

「難しくしてるのはジャクソンだと思うけど」

さらっとそう言った教師は、そのまま窓の外に広がるただの青空を見る。

「もっとシンプルに素直に過ごせばいいんじゃないって話。怒った直後に笑ったり、そのすぐあとに泣いたり叫んだっていいじゃない。人間ってそんなもんでしょ」

「それじゃ子供と一緒じゃん」

「人間、素直が一番。ありのままの自分でね」

「どの口が言ってんだか」

何が、本当の自分だよ。

掴みどころがなくて、適当で。死神先生なんて呼ばれながら、俺たちに正しいことを教えようっていう意志も、なんなら興味すらなさそうなくせして。

正体不明すぎるやつに言われたって、なんの説得力もない。

だけど不思議なことに、これまで出会ったどんな大人の言葉よりも、違和感なく心の中に落ちていくことに、俺は気付き始めていた。

「……あんた、なんでもわかんだろ?」

顔を上げ、もう一度この不思議な教師を見る。

資料みたいなもんもあるみたいだし、基本的にこの教室に来るやつらの情報は全部把握してるっぽいし。

「なんでもじゃないよ」

「神さまじゃなきゃわかんないって?」

「神さまでも、人の気持ちまではわからないんじゃないの」

それから教師はまっすぐに俺を見る。

真っ黒な瞳で。

「自分の気持ちを知ってるのは、自分だけでしょ」

その短い言葉は、俺のみぞおちあたりをどくりと揺らした。

修を殴ってやりたかった。

実際に殴ったのに、不合格だと言われた。

それは、殴り足りなかったからじゃない。

——俺は、どうしたい?

口を真一文字に結んだ、修の顔が浮かんで消えた。

◆

果てしなく続く廊下の先、あの教師の個室のみがあるという、気味の悪いこの学校。

それなのに昼時になると、廊下の真ん中に突如がらんと開《ひら》けた食堂が現れる。

「ジャクソンは、カツカレーは好き？」

食堂で隼人先輩が空《から》のトレーを持ったまま振り返る。

ふざけて名乗った名前が、いつの間にかこっちでのニックネームになっている。

「カツカレー、嫌いじゃないっすね」

「いいね、今日はふたりでカツカレーにしようか」

隼人先輩は俺に薄緑のトレーを渡すと「カツカレーふたつお願いしまーす」とカウンターの奥へと声をかける。

ここを利用するのはもう何度目か。

あの世の手前であるこの場所では、腹なんて減るわけがないと思っていたのに、ここでも普通に腹は鳴るし眠くもなる。

キッチン内では煙みたいな黒い影がもよもよと動いている。

それから少し経つと、カウンター上にカツカレーが現れた。

「いい匂いだねえ」

くん、と鼻を鳴らした隼人先輩は、それをトレーに乗せると空いている場所に座り、俺もそれに倣った。

食堂には他にも生徒と思われる影たちがいて——クラスメイト以外は黒い煙のもやで、顔とか年齢なんかもわからない——、隼人先輩によるとそれはみんな、他の年代の生徒たちらしい。

狭間の教室には、小学校、中学、高校があるというのも隼人先輩が教えてくれた。向こうから見れば、俺の姿も黒い影にしか見えていないんだと思う。

「隼人先輩、もう死んでるって本当っすか？」

カレーにスプーンを差し込んで、昨日小耳に挟んだ話を口にする。

たしかに隼人先輩は、残りの時間を表わす砂時計を持っていない。

「そうさ」

なんてことなく、軽く答える隼人先輩。

「そっすか」

なんてことなく、軽く受け取る俺。

隼人先輩は、空気みたいな人だった。

俺にとって〝先輩〟っていうのは、もっと圧力みたいなもんを持ってて、その年齢差っていうもんだけで支配しようとして。

そういうのが面倒くさくなって距離を置いたら、必然的にターゲットにされて喧嘩も増えた。

だけどこの隼人先輩は、そういう人たちとは違う人種らしい。

「ジャクソンの砂時計は順調に減ってるみたいだけど、卒業試験の方はどう？」

サク、と隼人先輩がカツを齧《かじ》った音が聞こえる。

俺も負けじと、スプーンいっぱいにすくったカレーを口に入れる。何度か噛んでから、ごくりと呑み込んだ。

「マジでなんもわかんないっす」

「手応えなし？」

「一度やったけど不合格で。時間がもう少しあるから考えてみろって、あの教師に言われたけど、俺、考えるの苦手なんで」

アハハ、と隼人先輩は上を向いて笑う。

こんな風に、あっけらかんと笑われたのは久しぶりだったからなんか新鮮だ。

嫌味がないから、腹が立つこともない。

「あの教師、変人ですよね」

俺が言うと、隼人先輩はまた楽しそうに笑った。

「たしかに普通とは違うかもしれないね。だけど、なんだかんだすごい人だよ」

「どこがっすか？　まりもを溺愛してる時点で、相当な感じしますけど」

「好みは人それぞれだからねえ。ジャクソンはなんの動物が好き？」

「動物っすか……」

まりもが動物かどうかは怪しいところだけど、それは言わずにおいた。

動物が嫌いなわけじゃないけど、あまり思い入れもない。

「猫はどう？」

「ねこ……っすか？」

まりもに続く話題だったから、もっと突拍子もない動物が出てくるかと思った。

だけど隼人先輩は、穏やかな表情のまま頷く。

「猫ってね、痛みを隠すのが得意なんだってさ」

「はあ……」

「体の中で異変が起きると、しんどかったり苦しかったり痛かったりするよね？　だけど猫は平気な顔をして、いつもと変わらないように見せるわけ。だから飼い主は、元気で変わりないなあと思いこんじゃうんだよね」

そういえば昔、ばあちゃんちに猫がいた。

半分野良《のら》みたいな感じで、エサだけもらいに来てたんだっけ。

俺のことを見ると、パッとどっか行って。

あの猫も、ある日曜を最後に消えた。

朝には、いつもと変わらないように見えたのに。

「なんで隠しちゃうんだろうねえ。猫も、人間もさ」

のんびりと、隼人先輩は言う。

それからもう一度、カツを齧った。

どうも先輩は、ショートケーキではいちごを先に食べるタイプっぽい。

「そりゃ、かっこ悪いとこ見せたくないからじゃないっすか」

食べながらそう言うと、隼人先輩はまた「アハハ」と笑った。

「そんな強がりのせいで生まれたいらない誤解がさ、あっちの世界にはごろごろと転がってるんだろうね。すれ違いとか、思い込みとか、そういうのが」

隼人先輩の発した言葉に、俺は一瞬動きを止める。

「すれ違い、っすか……？」

ふと、ある夜の出来事が蘇る。

大事の試合の前日であり、俺の誕生日の前日でもあったあの夜。

修が俺の家を訪ねてきたことを。

遠い日の記憶が、自分のそばに近付いてきては離れたりしている。

そんな感覚を消し去りたくて、小さく顔を左右に振った。

隼人先輩はスプーンを一度置くと、白い手で長い前髪をはらう。

「思い込みや誤解をほどけるのは本人たちだけで。しかも、ほどこうっていう意志のある人たちだけで、さらにはタイミングも大事でさ。それを成しえることを、人は縁と呼ぶんじゃないかな」

「なんすかそれ、ポエマーっすか」

「そうだね、詩人になるのもいいかもしれないね。狭間の教室のスナフキンと呼んでおくれよ」

「なんかちょっと、ださいっすね」

「なんとでも言えばいいさ」

コップに入った水を飲み干しながら、俺はもう一度思い出していた。

あの夜、修はいつも通りだった。

別れ際、俺がいつもの合図をすると、あいつも同じように自分の胸元を三回叩いたんだ。

◆

それなのに、なんで——。

「試験って、あと二回受けれる……っすよね？」

昼飯を食ったあと、隼人先輩と別れた俺は教師の個室を訪れていた。

「ジャクソン、敬語使えるようになったんだね」

「ど、どっちでもいいじゃん、別に」

空手をやめてからは、敬語というものを使う機会がなかった。

中学も高校も、教師は俺のことを厄介者としてしか見ていなかったし、敬語を使うほど尊敬するような大人は周りにいなかったから。

ただ〝先輩〟という存在には、使わざるをえなかった。そうしないと、後々面倒なことになるし。

その名残か、隼人先輩には敬語を使っている。

俺が出会ってきた〝先輩〟たちとは違うとわかってたけど、なんとなく。

そんな隼人先輩としゃべったあとだから、自然とそれが出ただけ——というのは言い訳で、実際俺は少しずつ、この教師に何かしらの感情を抱くようになっていたんだと思う。

少なくとも、乱暴な言葉じゃなくって、このくらいの言葉は使おうと思うくらいのものは。

教師は白衣の胸ポケットから四角い缶を取り出すと、カランコロンとそれを振る。

手のひらに出したのは、白いドロップス。口に入れると、「デリシャース……」とうっとり目を閉じる。

前言撤回。やっぱ変人だ。死神っていう要素をなくしても、普通じゃない。

冷ややかな視線を送る俺なんか気にもせず、目を閉じたまま教師はピースサインを見せた。

「あと二回受けれるよ。砂時計が落ち切る前ならね」

それからぱちりと目を開ける。

まっすぐに向けられた黒い瞳に、自分の喉元が上下するのがわかった。

「もう一度、殴りに行く？」

「――いや」

ひとつ深呼吸をはさみ、俺はまっすぐに教師を見つめ返す。

隼人先輩と話してから、〝あの夜〟のことが消えてくれない。

俺たちの間に、本当に誤解やすれ違いはなかったのか。

あのままうやむやになった、修の異変の正体はなんだったのか。

今さらと思いながらも、もしも真実というものがあるのならば、それを知りたいと思うようになっていた。

「中学一年の、誕生日の前夜に行きたい」

それはつまり、俺にとって最後の空手の試合の前夜でもある。

「過去ってことね、いーよ」

カランカランと缶を振り始めた教師の動きを、「最後まで聞いてほしいんすけど」と遮った。

過去に行きたい。

だけどそれは、俺の過去じゃない。

「修の過去を、見たいんだ」

ドクリドクリと、がらにもなく心臓が大きく波打つ。

忘れかけていた〝緊張〟というものが、体を支配していくのがわかった。

あの夜、修の身に何が起きたのか。

それがわかればきっと――。

「あー、それは無理」

その願いはあっけなく、教師が振った手のひらで吹き飛ばされる。

「だめだよ、他人の人生には介入できないようになってるし。それにプライバシーの問題もあるでしょ？　いまどき、コンプライアンスとかもうるさいしさぁ」

「こんぷ……？」

聞き慣れない横文字はともかく、プライバシーくらいは俺でもわかる。

「それを言うなら、俺のプライバシーはどうなんだよ。全部把握してるくせに」

「ジャクソンなのに、鋭いこと言うなぁ」

教師はやれやれと首を竦めると、机の上に置いてあったビーカーのひとつを手前に引き寄せる。

「そこまで言うなら、特別にいいこと教えてあげる」

怪しげに、教師の目が鈍く光る。

「原則、他人の人生に介入することはできないんだけどね。ジャクソンの卒業試験が、修くんのプライベートに深く関わっている可能性があるって判断された場合に、例外が認められることがあるんだよね」

難しいことは、正直よくわからない。

ただ、本来は許されていないことが、許される場合もあるということだと思う。

「判断って、誰が？」

「試験を受ける生徒の担任――、今回でいうと、僕だね」

そう聞いた俺は、思わず前のめりになった。

だってこの教師がオッケーって言ったら、真実がわかるかもしれないんだ。

「あの日、修に何があったのか。それが俺の卒業試験にめちゃくちゃ関係あるんだよ」

「なぜそう断言できるのさ？」

「カンだよ、カン！」

「カンを信じろと」

「十分だろ、他でもない俺のカンなんだから」

ふう、と教師は息を吐く。

それからまりもの入った小瓶を持ち上げると、ゆらゆらとそっと揺らす。

「それじゃダメ。僕を説得させたいなら、ちゃんと話してくれないと。なんせ僕はきみの担任だし」

いつもは適当なくせに、こんなときばっかり教師ヅラしやがって。

それでも俺は、ため息と共に記憶をあの夜へと巡らせた。

◆◆◆

むわっとした蒸し暑い夜だった。

リビングのソファで寝転がってゲームをしていると、玄関のチャイムが鳴る。

夜の八時過ぎ。まだ両親は仕事から帰ってきていない。

面倒だな、と思ったものの、モニターに映ったのが修だったから慌てて玄関の扉を押し開けた。

「珍しいじゃん、こんな時間に」

あんまり嬉しさを前面に出すとダサいから、なんてことない顔をする。

私立の中学にそのまま進学した修と、地元の中学に入学した俺は、相変わらず別々の学校に通っていた。それでも元は、同じ学区内。俺たちの家は、自転車で五分くらいの場所にあった。

「上がってく？　まだ親、帰ってきてないけど」

俺の声に「いや、すぐ帰るから平気」と修が鼻先を軽くこする。

これは、何か照れくさいことがあるときの修の癖だ。

いつも落ち着いていて、喜怒哀楽をあまり出さない修。

だからこそ、こういうちょっとした仕草は、修の気持ちを知るのに大切な要素だ。

修は二、三度、黒目をきょろきょろさせてから、俺に何かを差し出した。

「一日早いけど、誕生日プレゼント」

「なんだよ、明日も試合で会うじゃん」

今年も、俺の誕生日を覚えていてくれた。

そんな嬉しさを隠すために、軽く受け流すようなセリフを言う。

小学校低学年からの付き合いである俺たちは、互いに誕生日プレゼントを渡し合ってきた。

最初は、母親同士の計らいで始まったプレゼント交換。

それは、歳を重ねて小遣いでやりくりするようになった今でも続いている。

「まあそうなんだけど。試合前に渡したかったんだよ」

そう言う修は、もう一度鼻先をこすった。

小さな紙袋を受け取り、その場で開ける。

それは、濃い青色のお守りだった。

「明日、ハルと戦うの楽しみにしてるから」

修がくれたのは、スポーツの神様で有名な神社のお守り。

先月、家の予定でその近くまで行ったときに買ったらしい。

俺の誕生日の一か月も前に、プレゼントを用意してくれていたなんて。

「こんなのもらったら、明日は俺が優勝しちゃうじゃん」

おどけて言うと、修は笑った。

いつもそうだ。

よくしゃべる俺と、言葉にするのが得意じゃない修。

だけど俺には、修の気持ちがいつだってよくわかった。

きっと修も、そのことをわかっていた。

「ありがとな、修」

俺はそう言って、右手で拳を作ると胸元を三回叩いた。

ふたりにしかわからない、俺たちだけのハンドサイン。

「誕生日おめでと」

修はそう言うと、はにかみながら拳で胸元を三回叩いた。

◆◆◆

大事にしてきた、懐かしい記憶。

それはくすぐったくて、気恥ずかしくて、だけどあたたかな思い出だった。

「すごくいい話だけど、その後があるんでしょ」

教師がそう聞き、今度は苦い記憶が蘇る。

そう。

あの翌日。俺の十三歳の誕生日当日。

「なんとなく、朝から修の様子はおかしかったんだ」

大会当日だっていうのに、声をかけてもぼーっとしていて、覇気《はき》みたいなもんもなくて。

会場では、トーナメント表が貼りだされていた。

どういう巡り合わせか、俺の初戦の相手は修だった。

本当なら、決勝戦で戦いたかったけど仕方ないと思ったのを覚えている。

「結構大きい試合だったから、緊張してんのかもなくらいに思ってたんだけど」

初戦の結果は、俺の勝利だった。いや、圧勝といってもいい。

試合中に一度も、修は攻撃をかけてこなかった。

「そんで俺、その大会は優勝したんだよ……」

親が喜んで、いつもは厳しい空手の先生が褒めてくれる中、俺は一足先に帰ろうとしていた修に駆け寄った。

優勝した喜びよりも、心配と不安が大きかった。

だって修が、あんなに簡単に俺に負けるはずがない。

「俺さ、どうしたんだよって修に声かけたんだ。だけどあいつは、何も言わなかった」

どう考えても、俺より修の実力の方が上だった。

どう考えても、何かが起きているとしか思えなかった。

「何かあったなら言えよ、親友だろ?って。俺はそう言ったんだけどさ……」

あのときの修の表情は、よく覚えている。

何かを言いたそうな、泣き出したいのを必死に抑えているような、そんな顔をしていた。

だけど修は、やっぱり何も言わなかった。

口を真一文字に結んで、俺から目を逸らしてまた歩いていく。

「ジャクソンのことだから、追いかけたんでしょ」

「まあね。大事な試合だったのに、らしくねーだろって。そしたらあいつ、俺に言ったわけ。〝空手なんかどうでもいい〟って」

はっ、と乾いた笑いが出る。

今思い出しても、ギリギリと心臓あたりが嫌な音を立てる。

だけどあの一言は、俺の感情を爆発させるのには十分だった。

俺は、修に掴みかかった。俺たちはもみ合いになり、結果俺は、修に殴られた。

やっぱり、俺たちの実力の差は明らかだった。こうやってまともにぶつかり合えば、修に敵うわけがなかった。

それなのに、試合では俺が勝った。そのことを言えば、修は最後に吐き捨てたんだ。

『ハルには関係ない』と。

そうして俺は、空手をやめた。

——すべてを口にすると、自然と拳を握っていたことに気付いた。

過去のことだ。それなのに、まだ過去にしきれていない自分がいる。

「バカバカしいだろ？　たかが空手で、って」

俺がそう笑っても、教師は何も言わない。

「たかが空手、か……」

だからこそ、自分でもう一度その言葉を繰り返した。

なんであんなに俺は、腹が立ったんだろう。どうしてあんなに裏切られた気持ちになったんだろう。

「俺たち、空手がなきゃ出会わなかったんだよな……」

正反対の俺たちを繋いでくれたのは、空手に違いなくって。

空手がなかったら、友達になることだってきっとなくて。

修と親友であり、よきライバルでいるために、空手は必要不可欠で。

そうか――、そうだったんだ。

「空手なんてどうでもいいって言葉が、俺なんてどうでもいい、に聞こえたんだ……」

だから悲しくて、悔しくて、さみしくて、どうしようもなくて。

じわりと、目の奥が熱くなる。

「俺は……、どうでもよくないんだよな……」

修がどうでもいいと言ったって。修が俺を、どれだけ無視していたって。

俺が黙ると、教師はいつもと変わらない口調で話し始めた。

「修くんの過去に戻っても、ジャクソンの卒業試験にはならない。だけど回数はカウントされるからね」

　こっちは感情がぐちゃぐちゃだってのに、相変わらずだな。だけど、だからこそ、今さら強がるのも馬鹿らしく思える。

「そんなん、どうだっていいよ」

　手首で鼻元をぬぐい、そのまま目の縁もこする。

「俺はもう、逃げたくないんだ」

　隼人先輩と学食でした、猫の話を思い出す。

　痛みや苦しみを隠す猫。

　もし修も、何かを隠していたのだとしたら――。

　教師は机の上にあった缶を手にすると、それを振る。

　――カランコロン。

　教師の手のひらに落ちたのは、鮮やかなオレンジ色のドロップス。

「それじゃ、修くんの過去に関わることを許可するね。ただ、実際に行くことはできない。その時間を〝覗き込む〟だけ」

「十分だ」

　教師は一度頷くと、ドロップスを水の入ったビーカーの中へぽちゃんと落とす。

　ゆらりと、透明な液体にオレンジが溶けて揺れる。

その奥に、中学一年生だった修の、あの夜の世界が広がっていた。

◇

十三歳の修が、自分の家の玄関に手をかけたところだった。

腕時計の表示がちらりとみえる。

それは九時前をさしていたから、俺にプレゼントを渡しに来た直後だろう。

「ハル、嬉しそうだったな……」

小さくそう言った修は、口元をにんまりとさせた。

普段人前で見せることのない表情に、胸の奥がほんのりあたたかくなる。

「るんるん修くん、だね」

隣でビーカーを覗いている教師の言葉に、俺はそっと鼻先をこする。

たしかに、どう見ても修は浮かれている。

プレゼントを渡してきたときは、照れくさそうな仕草は見せつつも、落ち着いた様子だったのに。

「それにしても、ふたりはよく似てるなぁ」

教師がそんなことを言って、俺は首を捻る。

「どこ見てんの、まるっきり正反対なのに」

「そ？　ふたりとも、人前じゃ素直に笑ったりしないけど、誰もいないところではにんまりしたり小躍りするタイプでしょ」

何かを言い返そうかと思ったけど、やめておいた。

たしかに教師の言う通り、プレゼントをもらっても俺は素直に喜びを見せたりしなかった。だけどそのあと、部屋で小躍りしたことを思い出したから。

まさか、修が小躍りすることはないだろうけど。

それにしても、ビーカーの中の修は、本当に嬉しそうだ。

俺にプレゼントを渡したことがそんなに特別なことなのか、自分で言うのもなんだけど照れくさくもある。

それと同時に、不安が大きくなっていく。

ここまで、修に変わったところは見られない。ということは、この先に何かが起こるということだ。

ごくりと生唾を呑み込むのと、修が家の中に入ったのが同時だった。

ただいま、という言葉を発そうとした修が、ぴたりと動きを止めた。

「あいつ、何してんの？」

「だるまさんがころんだ、とか」

呑気な教師に、「誰とだよ」と思わずつっこむ。だけどすぐに、意識をビーカーの中に戻した。

どうやら廊下の先のリビングから、話し声が聞こえてきているみたいだ。

その会話は、耳をすませてどうにか単語を聞き取れるくらい。

「これ、音量調整とかねえの？」

「その発想おもしろいね」

つまり、そういう機能はないってことだ。

テレビとか動画じゃないんだから、当たり前っちゃ当たり前かもしれないけど。

実際、修に聞こえていたのもこれくらいの音量だったのかもしれない。

『――けど、こんな――手術なんて――』

『落ち着いて――から、――なんだし』

『でも修が――きっとすごく――』

『きみの気持ちを――大丈夫だから――なんだし』

途切れ途切れに聞こえてくる、会話の切れ端。

その中で聞こえてきた〝手術〟という言葉と、すすり泣くような女性の声に背筋が冷えていく。

それは、修も同じだったんだろう。

血の気が引いた、真っ白な顔になった修はぎゅっと唇を噛む。

「母さんが……病気……？」

そう呟いた修に、ハッとする。

運動が大好きで、バリバリのキャリアウーマンで、休みの日はいつも家族でアウトドアに出かけるパワフルな修のお母さん。

そんなお母さんが、手術が必要なほどの病気になっていたなんて。

あの試合の日だって、応援席で大きく手を振ってくれていたのに――。

修はポケットから何かを取り出すと、胸元でぎゅっと握りしめる。

それは、俺にくれたのと同じお守りだ。

「修……」

俺の呟きが、ビーカーの中の修に届くことはない。

修は深呼吸をしてお守りをポケットにしまうと、もう一度玄関のドアを開けて、すぐに閉めた。

わざと、大きな音を出すようにして。

「ただいまー！」

元気に響く、修の声。

慌てたような気配のリビングからは、「お、おかえり！」と、修の両親の明るい声が聞こえてくる。

俺はそこで、そっとビーカーから離れた。

「あと三分、まだ残ってるけど」

「もういいや……」

ふらりと、部屋の端に置かれた薄汚れたベンチに腰を下ろす。

なんだよ、なんだよ修。

お母さんに病気が見つかって、手術するって知って、修はどれだけ不安だっただろう。

「十三歳、まだまだ親の存在が大きい年ごろだよ。思春期とか反抗期とか言ったってね」

教師の言葉に、俺も頷く。

特に修は両親を尊敬していて、家族みんなとても仲が良かった。

そんな中、母親の大きな病気というのは修にとってどれほどショックなことだったか。

「話してくれればよかったのに……」

試合のあと、何かを言いたそうに俺を見ていた修。

母親の病気に対しての、怖いだとか不安だとか苦しいだとか、そういう思いを抱えていたはずだ。

「水くせえよ……、なんでも話せって言ってたのに……」

「きみならどうしてた？」

そう言われ、俺は言葉を呑んだ。

きっと修は、試合どころではなかったはずだ。

お母さんの病気に動揺して、不安と恐怖で押しつぶされそうだっただろう。

だけど、試合のコートに立った。

どうにか、足を踏ん張っていた。

「……俺でも、同じことをしてたかもな」

強がりな俺は、強がりな修の気持ちが理解できた。

きっと俺も試合に出て、だけど実際には体が動かなくて、声をかけてきた修には何も話さなかったと思う。

はあー、と大きなため息が落ちる。

〝どうでもいい〟という言葉を真に受けて。〝関係ない〟という言葉に必要以上に傷ついて。

拒まれたという事実だけにショックを受けて。修が隠していた真実に、気付こうともしなかった。あいつはひとりで、戦おうとしていたのに。

「やっぱバカだよ、俺は世界一バカだ……！」

ゴツッと自分の胸を拳で打つ。

痛い。

痛いけど、こんなもんじゃない。

修はきっと、もっとずっと痛かった。苦しかった。つらかった。

あれから修は、どんな毎日を送っていたのか。

どんな思いで日々を過ごし、空手を続けていたんだろう。

「ジャクソンの〝従兄〟に大人しく殴られたのも、きみへの申し訳なさがあったからだろうね。自責の念と、過去の後悔と」

教師の言葉に、俺はその場に膝をついた。

目の前にあったビーカーが、じわりじわりと滲んでいく。

教師はそんな俺に、地方新聞の切り抜きを見せた。それは去年行われた、空手の関東大会の記事だった。

「優勝者インタビューだってさ」

目元を強くこすり、小さな紙きれを受け取る。

そこに載っていたのは、トロフィーを持った無表情の修。

こういうときくらい、笑えばいいのに。

だけど、修らしいか。

口の端が小さく上がる。

次の瞬間、俺の目からは大粒の涙が溢れていた。

――優勝を一番に報告したい相手は誰ですか？

――親友に。しばらく話せていない親友に、伝えたいです。空手がまた僕たちを繋いでくれると、信じているので。

◇

ピンと張り詰めた空気と、鋭く響く気合の声。

攻撃と守備が交わり合う瞬間のバシッという音に、胴着の衣擦《きぬず》れ音。

久しぶりに訪れても、試合の空気感はやっぱり特別なままだ。

「最後の試験では過去に戻って、修くんを支えるのかと思った」

今回もスーツ姿となった教師は、俺の横で試合を眺めている。

最後のドロップスは、現在へ行けるピンク色のものを選んだ。

俺は今日も、架空の従兄〝壮太〟の姿だ。

「いいんだよ、それは」

ぐるりと見回した観客席の中に、修の両親の姿を見つけた。

修のお母さんは車いすで、その横にお父さんが寄り添うように立っていた。

今も修の家族は、みんなで仲良く暮らしている。

そのことがわかれば、十分だ。

それに――。

「過去に戻ったって、修は俺には話さない。何度やり直したって、きっと」

修には修の、信念がある。

たとえ俺が病気のことを知っていると伝えたって、弱音を吐いたり、相談してきたりはしないだろう。

「あいつが話さないって決めたのに、俺を頼れって無理強いすんのも違うだろ」

修の生き方は、修だけのもんだ。

俺はあいつの選択を、受け入れる。

これから先も、そうしていきたい。まあ、たまにぶつかることもあるだろうけど。

「それに俺は、過去よりも今のが大事な主義なんで」

俺の言葉に、教師はほう、と息を吐きだす。

「ジャクソン、すごいね。あんなに素直になるのが難しかったのに」

ふっ、と小さな笑いが出る。

これは皮肉じゃなく、多分褒めてくれてるんだよな。

素直に受け取っとこ。

もう何年もそんな風に誰かから認められたことなんてなかったから、背中がむず痒《がゆ》くなる。と同時に、口元がにやつくのが自分でもわかった。

我ながら単細胞だとは思う。だけどそんな自分も、意外と嫌いじゃない。

「きみたちの関係は、正直言うと羨ましいよ」

隣で放たれた言葉に、俺は顔を向ける。

「僕には、小さい頃からの友達なんていなかったから。こういう絆みたいなの、憧れてたんだよね」

「え？」

「だけど高校生のときに狭間の教室で出会った子達は、友達と呼べる存在だったかもなあ」

「それって――」

「お、いよいよ決勝戦だ！　血がたぎるねえ！」

教師の瞳に、珍しく興味が宿る。つられるように、俺もコートに視線を戻した。

この教師に、聞きたいことはまだあった。

もしかして人間だったことがあって、今の俺と同じように、なんらかの事情で意識不明になり狭間の教室に送られたんじゃないか、って。

だけど、それを聞くのは野暮な気もした。

俺は、過去じゃなく今を生きる。

この教師もきっと、過去にすがって過ごしているわけじゃないと思うから。

「修くん、かっこいいね」

コートの中で、まっすぐに立つ修の姿。

相手は、去年の全国大会出場者。

修よりもガタイもいいし、何よりも絶対に自分が勝つという余裕が見られた。

「相手に不足なし！　お互いにね」

ちらりと、横目で教師を見る。

何にも興味がないかと思えば、絆とか勝負とか青春とかに目を輝かせ、教師らしくないくせに、大事なことに気付かせるような言葉を口にしたりもする。

いつだってのらりくらり、適当で。だけどきっと、見えないとこではいろんなことを、感じたり、考えたりしてんのかもしれない。

なんだ、この人も猫と同じか。まったく。俺の周りは、猫ばっかだな。

ふっと、心の奥が緩むのがわかった。

「あのさぁ」

「ん？」

「昔からの友達ってわけじゃないかもしんないけど、いい生徒ならここにいるじゃん」

「んん？」

「……ありがとうございました、死神先生」

本当は心ん中じゃ、ずっとそう呼んでいた。

だけどなんか気恥ずかしくて、なかなか口には出せなかった。

でももう、きっと、これが最後だから。

合格でも不合格でも、俺は狭間の教室を離れることになる。

だから最後に、ちゃんと礼を伝えたかった。

強がりな俺だけど、こうやって素直になるときがあってもいい。

「ジャクソン、合格だよ」

「えっ、今!? 俺なんもしてないけど」

「もう合格するって決まったから、先に言っておく」

「はは、うける」

「ジャクソン倉元くん、一緒に過ごせて楽しかったよ」

こんな先生が、あっちの世界にもいたらいいのに。

今では心から、そんな風に思う自分がいる。

死神先生は両手を広げると、俺のことをまっすぐに見た。

「さあ、きみは何を選ぶ？」

俺の未練は、俺の選択は——。

「そりゃ生き返るだろ」

「それで？」

このやりとりをするのは二回目で、思わず小さく笑いが落ちた。

「楽しいことを色々やるよ、修と一緒にさ」

「強がり同士のきみたちのままで？」

「そう。強がり同士の、俺たちのままで」

親友であることに、資格も理由もきっといらない。

お互いを信じる気持ちと、自分自身を信じる気持ちがあればいいだけなんだ。

俺はそっと、小さく深呼吸をする。

一回しか会ったことのない、しかも自分を殴った男が再び現れたら、修は警戒するだろうか。

怪しいやつと認定されて、警備員に連れ出されたりして。

そんなことを頭の中で浮かべながら、だけど実際にはありえないとわかっていた。

きっと修は、わかるはずだ。

夢物語のようで、ファンタジーで、信じられないことだったりしても。

修はきっと、いや絶対。

〝俺〟だってことに、気付くはず。

「よっしゃ、やるか」

席から立ち上がって、大きく息を吸い込んだ。

届くだろうか。

いやきっと、届くだろう。

今を生きると決めた俺からの、素直でまっすぐなこのエール。

俺の未練は、俺が本当にしたかったことは——。

「修ーっ！　がんばれーっ！」

心の底からまっすぐに、素直になって、修にエールを届けること。いつでも味方だと、伝えること。

驚いたようにこちらを見上げた修に、俺は頷きながらハンドサインを送る。

修は一瞬目を見開いたけれど、ゆっくりと口元で弧を描く。

そうして、右手の拳で自分の胸元を、トントントンと叩いて見せた。

エピソード4　【ドントルックアットミー】

かわいいは正義、だなんて
誰が考えた言葉なんだろう

こんなにも世の中を的確に映してる言葉はないと思う
大事なのは中身だとか言ったって、そんなの綺麗事だって誰もがきっとわかってる

〝かわいい〟は、正義
すなわちそれは――
〝かわいくない〟は、悪だ

◆

誕生日に買ってもらった、鏡付きのちょっとしたドレッサー。

ぱかりとお気に入りのコスメポーチを開く。

毎朝この時間は、ふわふわとわくわくが混ざったような、特別な気持ちになる。

顔全体に日焼け止めを塗って、パウダーを薄くのせると、赤ちゃんみたいなさらさらの肌になる。

眉毛を簡単に整えて、コーラルピンクのチークでほっぺたに自然な血色感を。

アイシャドウはうっすらと、ベージュのものを少しだけ。

ビューラーでまつ毛を上げて、グレーのマスカラでカールをキープ。

新しいほんのりピンクのリップを塗れば、ナチュラルメイクの完成。

派手なメイクは学校でも禁止されているけれど、このくらいなら先生たちも見逃してくれる。

メイクをしなきゃ外に出られないなんてことはないけれど、ほんのちょっとのメイクでいつもより自信がもてる。

お休みの日にはカラーアイシャドウを使ったり、長めにアイラインを引いてみたりして、普段とは違う雰囲気の自分になれるのもメイクの楽しいところだ。

顎の長さで切りそろえた髪の毛を綺麗にとかして、前髪を整えたら準備完了。

朝の、ほんの十分足らず。

レベルアップしたような気分になれるこの時間は、わたしにとってすごく大切だ。

「おはよう、美咲《みさき》」

朝ごはんを食べ、時間通りに玄関を出ると、斜め前の家から幼馴染の理乃《りの》がちょうど出てくるところだった。

薄茶色の髪の毛は肩にかかるくらい。

真っ白な肌に、色素の薄い瞳。主張の強くない形のいい鼻と、ピンク色の唇を持つ彼女は、誰もが認める美少女だ。

ぱたぱたとこちらに駆け寄って来る理乃を前に、わたしは後ろ手で門を閉めた。

「理乃、今日は朝ごはん食べられた？」

「うん、ギリギリだったけど」

えへへ、と首を竦める理乃は、そんな仕草ひとつをとってもかわいい。

ちょっとそそっかしいところもまた、彼女の魅力だと思う。

理乃との出会いは、小学校に上がるとき。

斜め前の家に彼女が引っ越してきて、すぐに仲良くなった。

小学校でも中学でも、理乃は学校一の美少女として有名だった。

そしてもちろん、今通っている高校でも。

「美咲、そのリップ新しい？　すごく似合ってる」

「わ、気付いてくれたの嬉しい！　昨日発売だったの」

「色がいいね。かわいい！」

「理乃もしてみる？」

「ううん、その色は美咲だから似合うんだと思うし」

理乃は、メイクをしていない。

メイクなんかしなくたって、十分すぎるほどにかわいいから必要がないのかもしれない。

それでもわたしのメイクにはとても興味津々で、こんな風にいつもと少しでも違うところがあるとすぐに気付いてくれる。

かわいい理乃に褒めてもらえるのは純粋に嬉しくて、新しいリップを買ってみてよかったと心から思える。

コスメばかり買っているから、お小遣いは常にピンチではあるんだけど。

それでも一応、ちゃんとその中でやりくりをするようにはしている。

うちの学校はバイトが禁止されているから、好きなだけコスメを買うのは大学生になってから。

自分なりのけじめというか、そういう感じだ。

「そういえば今日、文化祭の動画撮るって言ってたよね」

理乃の言葉に、「あー、そうだったっけ」ととぼけてみせる。

本当はそれがわかっていたから、おろしたてのリップを塗ってきたんだけど。

張り切ってる、って思われるのも恥ずかしいから口にはしない。

来月行われる、学校の文化祭。

わたしたちのクラスでは、動画スタジオをやることになった。

背景や小道具にBGM、それから色々な衣装を用意。

お客さんには好きなセットを選んでもらって、そこでわたしたちが動画を撮る。

希望があれば音楽をつけたりと、簡単な編集もサービスする。

学校の制服も用意したから、入学希望者にもきっと人気が出るんじゃないかなと思っている。

文化祭当日には、サンプルとして教室内のスクリーンに動画を映す。今日は、そのサンプル動画の撮影をすることになっていた。

「普段はそういうのやらないけど、理乃が一緒なら心強いよ」

「わたしもだよ～！　とりあえず振りさえ覚えておけば、なんとかなるよね！」

クラスのほとんどが、サンプル動画に参加することになっている。

ペア、もしくはグループになって、一分くらいの簡単なダンスを撮影。

理乃とわたしはふたりで、人気のアイドルグループのダンス――簡易バージョン――を踊る予定だ。

この一週間くらい、休み時間や帰りの道すがらふたりで練習をした。

クラスの中心的な子達はがぜん乗り気で、まるでアイドルみたいに表情まで完璧にやっているけど、わたしたちは振り付けを覚えるだけで精いっぱいだ。

「とりあえず、頑張ろう！」

両手をぐっと握る理乃に、わたしは笑って頷いた。

撮影は着々と――進んではなく、予定以上に時間がおしていた。

もともとは、三、四時間目でという話だったけれど、結局終わらずお昼休みにまで食い込んでいた。

「やーっと納得いくの撮れた！　みんなごめん～！」

クラスの中心グループの女の子達が、撮れども撮れども納得がいかなくて、かなり時間が経ってしまっていたから。

彼女たちはくりっとした瞳のカラーコンタクトをしていて、メイクもわたしよりもしっかりめ。先生から度々注意されているけれど、「ひゃーごめんなさーい！」って言いながら、毎日ばっちりメイクをしてくる。

それでも先生たちがなんとなく許しちゃうのも、こうして時間がおしても教室の雰囲気がピリピリしたりしないのも、彼女たちがクラスを明るくしてくれているからだ。

今回の文化祭の出し物だって、アイデアから準備まで、一番頑張っていたのは彼女たちだった。

みんな、それをわかっている。

「理乃ちゃんと美咲ちゃん、お待たせ！　うちらちょっと時間かかりすぎたよね、本当ごめん！」

最初の頃は、華やかな彼女たちがちょっと苦手だと思ったこともあった。

だけど今では、気さくなみんなに好感を持つようになっている。

すごく仲良し、なんていうわけじゃないけれど。

「ううん、それよりみんな、すごいね。本物のアイドルみたいだった！」

理乃の言葉に、彼女たちは照れたように笑う。

「うわー、嬉しい！　でも理乃ちゃんの生まれながらのかわいさには敵わないよ！芸能界に入ればいいのに。美咲ちゃんもそう思うでしょ？」

話を振られ、わたしは深く頷を引く。

「わたしもずっとそう思ってるよ」

小さい頃からかわいかった理乃。

周りも当然のように芸能界をすすめてきたし、一緒に原宿に行けば芸能事務所の人に声をかけられたことも一度や二度じゃない。

だけど理乃本人は、芸能界どころかメイクやファッションにも興味がないみたいだ。

そもそも、メイクも華やかなファッションも必要ないくらい、理乃はそのままでかわいいのだけど。

理乃は誤魔化すように笑いながら、仮のセットの前に立ってわたしに手招きをする。

撮影されるのは気恥ずかしいから、さくっと終わらせたいんだろう。

その気持ちはわたしも同じだったから、小走りで理乃の隣に並ぶ。

「それじゃ、音楽かけるね～！」

スマホを構えた彼女たちの前で、理乃とわたしは音楽に合わせてはにかみつつも踊ったのだった。

◆

SNSって、本当にすごい。

ほんのちょっとの投稿や動画が、タイミングさえ合えばあっという間に世界中に広がっていく。

「えっ……何これ……」

その日の夜。

夕飯を食べ終わり、部屋でまったりとスマホをいじっていたときだった。

コスメの情報収集のためにアカウントを作ったSNS。

ランダムで、おすすめ動画なるものが流れてくるページに、突如理乃とわたしのダンス動画が現れたのだ。

「えっ、えっ、えっ⁉　どういうこと⁉」

何度見ても、やっぱり今日学校で撮ったもの。投稿者をタップしてみれば、撮影係をしてくれた女の子のアカウントだった。


他にも、彼女自身が映っているダンス動画も画面には並んでいる。

たしか学校でも、自分たちの動画を投稿しようと盛り上がっていたっけ。

もしかしたら間違えて、理乃とわたしのものもアップしてしまったのかもしれない。

「わ、どうしよう……」

すぐに消してもらわないと。だけど連絡先は知らないし、SNSのメッセージ機能もオフになっている。

焦りながらも、自然とコメント欄に視線がいく。

『初々しい感じのふたりがかわいい！』

『時々目を合わせて笑い合うの尊い〜』

好意的なコメントがいくつもついていて、知らずのうちに口角が上がってしまう。

理乃もわたしもSNSのアカウントはあるものの、積極的に自分たちで投稿することはないので、詳しくはわからない。

ただ、この動画にはすでに五十近いコメントがついているから、かなりたくさんの人々の目に触れているのかもしれない。

嫌な言葉があるかもしれないと戦々恐々としながらも、好意的なコメントたちが、もっともっとと指先をスクロールさせていく。

まるでコントロールされてるみたいに。

『右の子、ナチュラルなのにおしゃれに見える。メイク上手』

そんなコメントが出てきて、わたしは思わず天井を仰ぐ。

右の子、というのはわたしのことだ。

「見ず知らずの誰かから、メイクを褒めてもらえるなんて……」

嬉しくなって、小さくガッツポーズを握る。

そうしている間にも、コメント数は増えていく。

この瞬間にもすごい速さで、色々な人達の手元でこの動画が再生されているんだ。

経験したことのないような高揚感が、わたしを包む。

もしかしたら他にも、メイクについて何か言ってくれる人がいるかもしれない。もしかしたらもっと、嬉しいコメントがあるかもしれない。

ドキドキという期待感と、もっともっとという欲が膨れていく。

『左の子の方ががぜんタイプ』

『とてつもなくかわいい！　左の子が！』

『左の子と並んだ、その勇気をたたえてあげよう笑』

どくり。

心臓が一度、大きく大きく跳ねて。

頭のてっぺんから指先までが、すうっと冷たくなっていく。

『左の子、アイドルとかかな？　すっぴんっぽいのにマジでかわいい』

増えていく、理乃のかわいさを評するコメントたち。

わかってる。わかってる。

わたしはあくまでも平凡で、理乃は桁外《けたはず》れのかわいさを持っていることくらい、わたしが一番よくわかってる。

『右の子はお鼻が残念。笑』

そのコメントに、ひゅっと喉の奥が狭くなるのがわかった。

ゆっくりと、ドレッサーの鏡を見る。そこに映るのは、お風呂に入ってさっぱりとした、すっぴんの自分の顔。ほどほどの大きさの目と、卵型の輪郭。口だって歪な形をしているわけじゃない。

ただ——。

「鼻……、やっぱり変なんだ……」

中学生までコンプレックスだった、ころんとした丸い鼻。

メイクをするようになってから、あまり気にしないようになれていたのに。

もうこれ以上、コメント欄を見るのはやめた方がいい。はやくスマホを閉じて、今日はもう眠って。明日の朝一番、学校で動画を削除してもらえばいい。

そうわかっているのに、画面をスクロールする指は止まらない。

わたしたちふたりを肯定してくれるコメントもたくさんあるのに、視線はそこを滑っていく。

捉えてしまうのはどれも、理乃だけを賞賛する声。そして、わたしを嘲笑う言葉。

『左の子だけ、本当にかわいい。かわいいは正義』

〝かわいいは、正義〟。

それは、わたしに呪いがかけられた瞬間だった。

◆

「美咲、風邪？　大丈夫？」

翌朝、家の前で会った理乃に開口一番そう聞かれた。

「うん、ちょっと喉痛くって」

けほけほ、と咳をしてみせると理乃は心配そうに眉を下げた。

結局、あのあと何時間も動画のコメント欄を見続けた。

再生回数の勢いは徐々になくなっていったものの、何度も何度も同じコメントを読んでは傷つき、怒り、そして落ち込んだ。本当のことを言えば、ちょっと泣いたりもした。

朝になって動画は削除されていたけれど、悪意ある言葉たちはくっきりとわたしの瞼の裏に焼き付いている。

「理乃、昨日だけどさ」

「うん？」

SNS見た？と聞きたいのを、すんでで呑み込んだ。

きっと多分、理乃は気付いていない。

昨夜わたしたちの動画が投稿されていて、それをたくさんの人々が再生して好き勝手にコメントしていたことなんて。

「えっと、昨日、寝るときちょっと寒くなかった？　薄着で寝ちゃったから、喉痛くなったのかもしれない」

今朝もちゃんと、いつも通りにメイクはした。

だけど、今日は自分に自信を持つことなんかできなかった。

お気に入りのリップを塗っても、いつもよりマスカラをたっぷりつけても、レベルアップした気分になんかなれなかった。

鏡の中、低くて丸い鼻が目立って、醜《みにく》く見えて、どうしようもなくて。

それで、こうしてマスクをして家を出たのだ。

「わたしは毛布かぶってたよー。美咲も気を付けて、本当に」

そう言いながらのど飴をくれる理乃に、この子は外見だけじゃなくて心も綺麗なんだと、わかっていたはずなのに思い知らされる。

自慢の幼馴染で親友である、かわいい理乃。

だけどそんな彼女のかわいさや心の美しさが、今日はひどく羨ましく思えた。


「ふたりとも、ほんっとうにごめん！」

登校するやいなや、撮影をしてくれた女の子達が顔の前で両手を合わせた。

きょとんとする理乃に、やっぱり知らなかったんだとどこかでほっとする。

あんなコメントを見たら、優しい理乃はきっと心を痛めてしまうから。

「うちら、間違えてふたりの動画をＳＮＳに投稿しちゃって。気付いてすぐに消したんだけど、本当にごめん！」

目を丸くした理乃がわたしを見て、咄嗟に同じような表情で応えてしまう。

だけどきっと、その方がいい。

彼女たちだって、わたしがあんなコメントを見ていたなんて知ったら、さらに申し訳なくなるだろうし。

「いいよいいよ、間違えちゃうことは誰にでもあるし。それにもう消してくれてるんなら、大丈夫」

笑顔で答える理乃の横で、わたしも頷く。

彼女たちは顔を見合わせ、ほーっと息を吐く。

「ふたりとも優しい……本当ごめんね。でも、すごい好評だったんだよ。かわいいってコメントもたくさん来てて」

そう言われ、どきりとする。

彼女たちは、あのコメントを読んでるんだ。もちろん、全部読んだかどうかはわからないけど、わたしの容姿や鼻についてのコメントを見ていた可能性もあって――。

思わず、マスクをぐっと上げる。

鼻が見えたりしないように。

◆

「美咲、朝ごはん食べる時間なくなっちゃうわよー」

ダイニングから聞こえるお母さんの言葉に、最近では答えるのが億劫《おっくう》になった。

朝ごはんなんかどうでもいい。それよりも、ちゃんとメイクをしなくっちゃ。

カバー力のある下地に、しっかりとしたファンデーション。鼻が目立たないように、シェーディングをしっかりと入れる。

綺麗な眉の形を描いて、濃いめのブラウンで目元がぱっちり見えるように、アイラインも長めに。

マスカラは、長さとボリュームの出るものに変えた。

発色のいいグロスを唇に塗れば、はっきりとした顔立ちの自分が現れる。

鼻は、どうしても気に入らないけれど。

「なんか……、左右のバランスが変……？」

だけどそこで、眉の仕上がりが、なんとなくおかしく見えた。

鏡の中の自分が、そこを中心にぐにゃりと歪む。それなのにくっきりと、丸い鼻だけは輪郭を持って映る。

「ああ、もうっ……！」

眉を描き直すとなると、その部分はメイク落としでまっさらにして、また下地からやり直さないといけない。

そうすると、他の部分との微妙な色の差ができてしまう。

「全部やり直さないと。これじゃ学校行けないよ……」

泣きたくなるのを我慢して、メイク落としのシートで顔面を拭いていく。

ゴシゴシッと、手に力が入ってしまう。本当は肌に良くないってわかってるけど、焦りと悲しみと苛立ちを抑えられない。

三十分後には家を出ないといけない。

せっかく一時間かけてメイクを完成させたのに、眉のせいで台無しだ。

なんでこんなことになっちゃったんだろう――。

もう一度、涙がこみあげそうになり、ぐっと奥歯を噛んで堪える。

そんな時間なんてない。

マスクで鼻を隠すのは、動画を見た次の日限りでやめた。いつまでもしているわけにもいかないし、あのコメント欄を見た彼女たちに、鼻を気にしていることを悟られるのは避けたかったから。

その分、以前よりも念入りにメイクをするようになった。

「ほら、美咲。そろそろ――」

お母さんの声と共に、部屋のドアが開く。

振り返りもしないわたしを見たお母さんは、鏡越しに小さく息を吐いた。

視界の端に入りこむその様子は、わたしの泣きたい気持ちを助長していく。

——わたしだって、好きでこんなに必死にメイクしてるわけじゃないのに。

「前までのナチュラルメイクでも、十分にかわいかったとお母さんは思うけど」

「だめなんだよ……」

視線は鏡のまま、手を動かしながらわたしは答える。

お母さんは小さく息を吐き出してから「おにぎり握っておくね」とドアを閉めた。

その優しさが、どうしようもなく痛かった。


ここ最近、ずっと気持ちがざわざわと落ち着かない。

朝起きた瞬間からそれは始まり、理乃と顔を合わせると大きくなり、そのままの状態で学校での時間を過ごす。寝るまで気持ちは落ち着かず、どこにも出かけない休日だけが心休まる瞬間だった。

「美咲、相談があるんだけど」

朝、並んで歩いていると、理乃が遠慮がちにこちらを見る。

理乃はわたしより身長が十センチほど低い。

くるりとした黒目がちの瞳が、上目遣いとなってこちらに向けられる。

かわいこぶっているわけではなくて、ごくごく自然な理乃の角度だ。それなのに、チクチクした気持ちが湧き上がる。

「どうしたの？」

棘を感じさせないよう、なるべく穏やかにそう答える。

「あのね、今度メイクを教えてくれないかなって」

だけど、理乃の言葉はわたしのチクチクを大きくさせた。

これまで自分がメイクをすることには、無関心だったはずなのに。わたしがやってみる？と聞いたって、断り続けてきてたのに。

「美咲、メイクすごく上手だから。わたしもやってみたいって最近思うようになって」

――ずるい。

突如、そんな黒い感情が湧き上がる。

ずるいよ、理乃。

そのままでも誰もが認めるかわいさで、なんでもかんでも「かわいいから」って理由で許されて。

みんなが理乃と仲良くなりたくて、いつだって特別で。

かわいいが正義だというこの世界において、理乃は何もかもを持っているはずなのに。それなのに、まだ足りないの？

「実はわたしね――」

「メイクなんか、理乃には必要ないよ。そのままで十分すぎるほどかわいいんだから」

思わず理乃の言葉を遮ってしまう。

優しく言ったつもりだった。

だけどもしかしたら、そこに棘が潜んでいたのを彼女は察知したのかもしれない。

理乃は一瞬はっとした表情をしたあと、眉を下げてちょっとだけ笑った。

「あ、あはは……。わたし不器用だし、そんな簡単にできるわけないよね」

「そういうわけじゃ……」

「ううん、変なこと言ってごめんね」

「あの、理乃……」

「それよりさ、昨日またこのあたりでボヤ騒ぎがあったらしいよ。工場も多いから、ちょっと怖いよねえ」

ぱっと話題を切り替えたいつも通りの理乃に、ぐるぐると暗い気持ちが胃のあたりで渦を巻く。

きっと、ううん、絶対に、理乃のことを傷つけた。

理乃は優しいから、わたしを責めたりしないで、わだかまりが残らないよう、流してくれている。

ああ。

こんな自分、大嫌いだ。

ぎゅっと拳を握ったとき、SNS上で見たあの言葉がくっきりと脳裏に浮かぶ。

――かわいいは正義。

こんな醜い鼻を持つわたしはかわいくなくて。

性格まで悪いだなんて、救いようがない。

そもそもどうして、こんなにわたしはずっとイライラしているのか。

その原因はすべて、〝わたしがかわいくないから〟だ。

かわいいは正義。

それならば。

かわいくないは、悪以外の何ものでもない。

かわいくならなくちゃいけない。

かわいくならなくちゃ――。

◆

「普通のバイトって、時給安いな……」

ひとりきりのリビングで、はあとため息をつく。

今日、お母さんはパートがあって、家にはわたしひとりだけ。

作り置きしてあるおかずをあたためて、夕飯を済ませたところだった。

学校でバイトが禁止されているのはわかってる。

それでもわたしには、お金が必要だ。

もう一度スマホを操り、検索画面を出す。

〝鼻　整形　値段〟、検索。

そこに出てきた画面を見て、もう一度大きなため息をついた。

「三十万から四十万円か……」

かわいくならなきゃいけない。

その思いを突き詰めていったら、整形という道にたどり着いた。

今すぐは無理かもしれないけれど、高校を卒業したらすぐにでも手術を受けようと思っている。

だけどそれには、今の自分では到底払えないようなお金がかかるという現実に直面した。

「お母さんが貸してくれるわけないし……」

やっぱり、自分で稼ぐしかない。

もう一度検索画面を開き、今度は〝稼ぐ　内緒　十代〟と入力する。

そこに現れたのは、どう考えても怪しげな情報ばかり。

スマホだけで簡単に大金を、とか。

みんなに内緒でたくさん稼げちゃう、とか。

「そんなうまくいくわけないよね……」

もう一度深くため息をつく。

絶対に整形はしないといけない。

それにはお金が必要で。

卒業まで、まだ一年ちょっとある。それまでに貯められる方法を考えよう。

「そうだ、お風呂洗っておかないと」

お母さんが遅い日は、わたしが風呂掃除をすることになっている。

今から掃除をして自動ボタンを押せば、ちょうどお母さんの帰宅時間にお湯が沸く。

スマホをテーブルの上に置いて、風呂場へ向かう。

シャワーの水を出すと、周りの音は聞こえなくなる。

いつもよりお母さんが早く帰ってきたことに、わたしは気付いていなかった。

「お小遣いだけじゃ足りないの？」

お風呂が沸きました、という平和な音楽が鳴り響く中、リビングでは張り詰めた空気が流れていた。

「ちょっと調べてみただけだから」

スマホの画面を、お母さんに見られてしまった。

よりにもよって、大金をこっそり稼ぐ方法が載っているページを。

「ちゃんと話してほしいの。何か、まとまったお金が必要なの？」

「だからそれは……」

こんなやりとりを、もう何度しただろう。

はぐらかしてもはぐらかしても、お母さんは引き下がってくれない。

怒るわけじゃなく、滔々《とうとう》と問いかけてくる。

「ねえ美咲。理由を聞かせてほしい」

どちらにしても、そのときが来たら話さなきゃいけない。

わたしは深く息を吐くと、うつむいたまま言葉にする。

「……整形、したい」

ぽそりと口にすると、目の前にいたお母さんが前のめりになっていた体をゆっくりと引くのがわかった。

「どうして、そう思うの？」

「かわいくなくちゃだめだから……」

「何がだめなの？」

「とにかくだめなの」

「美咲はかわいくて優しいよ。メイクだって上手だし、すごく素敵な女の子だと思ってるよ」

「それはわたしが娘だからだよ！　それじゃだめなの、誰もが認めてくれるかわいさがなきゃ価値がないの！」

「お母さんは、今の美咲が好きだよ」

「………」

高ぶる感情を抑えるように、手のひらで心臓のあたりをゆっくりさする。

わかってる。

お母さんからしてみれば、おかしなことを言ってるって。

だからこそ、そんな簡単に理解してくれるわけがないってことも。

「これ以上話したくない……」

それだけ言って立ち上がり、わたしは自分の部屋へと戻った。

真っ暗な部屋に明かりをつけると、ドレッサーの鏡に自分が映る。

アイラインを強く引いているせいか、目元がキッと上がって見える。

厚塗りのファンデーションがよれて、鼻の醜さが際立っていた。

「かわいくない……」

息をすると同時に、その言葉が落ちていく。

「顔も中身もかわいくない……」

なんでわたしは、こんなに醜いんだろう。

かわいくならなきゃいけないのに。そのためにメイクも努力もしているのに。

それなのに、ゴールからどんどん遠ざかっていく気がする。

鏡の中の自分をぎゅっと睨めば、見たこともないほど不細工なわたしがすごい形相でこちらを見ている。

「こんなかわいくないわたし、大っ嫌い」

吐き捨てた言葉は、自分の心に突き刺さった。

◆

「それじゃ、自己紹介やっちゃって。ササッと」

気付くと、知らない教室に立っていた。

うちの学校は三年前に建て替えたから、校舎も新しくてきれい。だけどここは本当に昔ながらの、なんなら昔すぎるくらい古い造りの教室だ。

匂いすら、なんだか懐かしい。湿った木の匂いというか、なんというか。

すん、と鼻を鳴らしたところで、改めて現状に気付く。

数人いる生徒と思《おぼ》しき人たちが、こちらを見ている。

「え……？」

――あれ。わたし今、ちゃんとメイクしてるっけ？

焦燥感に襲われ、制服のポケットから慌ててミラーを取り出す。

小さな鏡の中に、きっちりとメイクを施した自分が映って胸をなでおろす。

大丈夫、大丈夫だ。いつものわたしだ。

平常心が戻ってきたところで、はっと我に返った。

「自己紹介って……」

恐る恐る横を見上げると、すらりとした黒づくめの男性がこちらを見ていた。不思議な生き物でも見るような目つきで。

「ふうん、おもしろいね。ここに来たことに戸惑うよりも、自分の見た目を気にする人なんて初めて」

うわ、整った顔をした人だな――じゃなくって！

「え、いや、あの……」

「まあいーや」

その人が一瞬で、わたしから興味をなくしたのがわかった。それから「ホラ」と、面倒くさそうに手の甲をヒラヒラさせる。前を向け、と言わんばかりに。

「掛井《かけい》美咲さんでしょ。転校生には自己紹介をしてもらわないと」

「て、転校生？」

「そ。きみはここ、狭間の教室の転校生だよ」

「狭間の、教室……？」

そんなの、聞いたこともない。

だいたいわたし、どういう経緯でここに来たんだっけ。

今日もいつも通りに学校に行ったはずだ。

理乃は用事があるからって、わたしはひとりで帰っていて。

お母さんとはあれ以来、冷戦状態のまま一週間が経過して。

そんなお母さんが今日は休みで家にいるから、帰りたくないなって遠回りをして。

それで、どうしたんだっけ？

わたし、家に帰ったの？　それで夢でも見ているってこと？

直近の記憶が、どうしても思い出せない。

「あの、わたし、えっと」

言葉に詰まっていると、その男の人は教卓の上の小さな小瓶に向かって話しかけた。

「自分のことなのにね、わかんないんだって」

え、何この人。

緑色の藻みたいなものに話しかけてるんだけど……。

その人はぱっと顔を上げると、座っているクラスメイトたちに向かって口を開いた。

「掛井さんはね、爆発事故に巻き込まれて意識不明！　そんじゃヨロシク！」

何がなんだか、さっぱりわからない。どう見てもこの人だって、まともには見えないし。

「やっぱり夢なのかも……」

そう呟いたわたしは、その人に促されるまま空いている席に座ったのだった。

きっと夢を見ているんだろう。

そう思ってどうにか納得してみたものの、なかなか目覚めはやって来ない。

「まあね、たしかに夢と思いたいのも無理はないなぁ」

不協和音みたいなチャイムが鳴ったあとの、休み時間。

ちょっと変わった雰囲気を持っている男の子が、腕を組みながらそう言った。

旅人のような、不思議で掴みどころのない感じの彼は、隼人先輩。

先輩だなんて呼んでいるけれど、実際の年齢はわからない。ただ他の子達がそう呼んでいたから、なんとなくそれに倣うことにした。

「実際の目覚めは、もうちょっと先になるかもしれないね」

にこにこと微笑むのは、おさげの女の子。「花っていいます」と名乗った彼女は、綺麗な黒髪とまんまるの瞳を持っていて、柔らかくてかわいらしい雰囲気が理乃と似ているように感じた。

花ちゃんは、黒い大きな襟と赤いリボンの正統派セーラー服を着ていて、スカート丈はふくらはぎくらいの長さだ。

「もうちょっと先、って……？」

わたしがそう尋ねると、「卒業試験後だね！」と元気な声が反対側から返ってくる。

こちらは、金髪のツインテールが印象的な雅。

彼女が着ているのは紺色のブレザーとチェックの短いスカート。深緑のネクタイをゆるくしめている。

わたしとは違うタイプだけど、メイクをばっちりしているという共通点はある。

「みんな、制服も違うんだ……」

わたしだって、普段着ている制服のまま。

とりあえず、全員が同年代ではあるのかもしれない。

「あたしが説明してあげる！」

踊るように、雅が黒板の方へと向かっていく。

それからチョークを取ると、カツカツと大袈裟すぎる音をたてながら何かを書いていった。

「まずですねえ、ここは狭間の教室ってトコなのです」

先生さながら、雅がコホンと咳払いをする。

意識不明になった十代の魂が送られる〝狭間の教室〟。

それが、この場所だと彼女は話す。

卒業試験というものがあり、それに合格すると、この先の人生をどうするか自分で選ぶことができるようになるという。

ただ、かなりざっくりとした説明のせいで、イマイチよくわからない。

それに——。

「待って待って。わたしは今、夢を見てるんだよね？」

そんな、意識不明だとか魂だとか言われたって、意味がわからない。

だけど雅は「う一ん」と腕組みをすると、助けを求めるように隼人先輩と花ちゃんに視線を送る。

「厳密には、夢ではないんだよ」

隼人先輩が、優しくそう言う。

「信じられないかもしれないけど、ここはちゃんと存在する世界でさ。さっき雅が話したことは、全部事実なのさ」

「でも、それじゃわたしは……」

ゆっくりと、三人の顔を見回す。

みんなはそれぞれに視線を交わすと、わたしのことをゆっくりと見つめて頷いた。

「死神先生が言っていた通り。美咲ちゃんは今、意識不明になっているんだ」

隼人先輩の言葉に、がつんと頭を殴られたような感覚を覚える。

「いや……、ありえないよ。だってわたし、そんな記憶なんて……」

混乱しながら前髪をいじると、指先にぽこっとした何かが触れた気がした。

「えっ……？」

どくりと心臓が震える。

そのまま、同じように震える指先で額をなぞる。

その何かの正体を、恐る恐る確かめるように。

ぽこぽこっ、とした、不自然な凹凸《おうとつ》。

左の眉の上あたりに、それはたしかにある。

バッと制服のポケットからミラーを取り出し自分を写す。

何もしなければわからない。だけど前髪を手で上げた瞬間、それは現れた。

赤い、水膨れのようになった火傷の痕《あと》が。

「い、いやぁっ……！」

椅子ごと後ろに倒れ込む。

醜い、醜い火傷の痕。メイクでどうにか保ってきた顔に、それは突如現れた。

その瞬間、体がものすごい熱さに包まれる感覚がした。目の前が、真っ赤に燃える。額の左上が、焼けるように熱い。

「美咲ちゃん!?　大丈夫!?」

みんなの声が遠くに聞こえる中、あまりの熱さと恐怖に意識を手放した。


ぼやけた視界が徐々にはっきりしてくると、目に映るのが無機質な古い天井とライトだということがわかった。

これが真正面に見えるということは、わたしは仰向けになっているんだろう。

ゆっくりと顔を傾けると、真っ黒な白衣からフードが飛び出ている後ろ姿が見えた。

狭間の教室の担任、通称〝死神先生〟だ。

みんなが教えてくれたから呼び名は知ったけれど、他のことは何もわからない。

死神先生はくるりとこちらを振り向くと「起きた？」と、呑気にあくびをしながら聞いてきた。

仕方なく、まだだるい体を起こす。

「あの、わたし一体……」

「教室で倒れたの、覚えてない？　隼人くんたちが運んでくれたんだよ。エイサホイサとね」

まるでおみこしを担ぐような動作をしてみせた死神先生に、「そうですか」としか返せない。

だけど死神先生は、別に気にもしてないみたいだ。手元の小瓶に、なにかを語りかけている。

わたしはそっと、部屋の中を見回した。

多分ここは、死神先生の部屋なんだろう。

理科準備室を思い出させるような小さめの空間で、開け放たれたドアの向こうには廊下が広がっている。

普通、倒れたときには保健室に運ばれそうなものだけど、ここにはそんなもの自体ないのかもしれない。

「死神先生、あの」

「気付いた？　それ」

死神先生は自分の左眉の上あたりを、ちょんちょんと人差し指で指す。

その瞬間、突如現れた額の傷を思い出す。

急いでポケットからミラーを取り出し、再び自分の顔を映してみる。
「ひっ……」
ぼこぼこと隆起した、赤くただれた痕。
これが肌だなんて、信じられないくらいおぞましい。
どくどくと、再び心臓に血液が集まっていく。
こめかみに汗が滲み、とてつもない恐怖が渦巻いていく。
それでもわたしは、その火傷の痕から目を逸らすことができない。
「工場の爆発事故に巻き込まれたんでしょ、爆風がすごかったらしいねえ」
言葉の持つ暴力性とは裏腹に、死神先生の言葉はのんびりとしている。
「爆発……」
口の中で呟いた瞬間、脳裏で真っ赤な炎が燃え上がる。
——思い出した。
あの帰り道。
お母さんに会いたくなくて、いつもとは違う道を通った。
工場と工場の間の、細い道。なんとなく油の匂いがする、誰もいない道。
そこに立ち上ったのは、白とグレーが混じったような煙と焦げ臭い匂いで。
逃げなきゃと思ったとき、子猫が工場の敷地内に入っていくのが目の端に映り、反射的に体が動いた。

そうして子猫を抱え踵《きびす》を返した瞬間、大きな爆発音と爆風に襲われたんだ。

すごい勢いと、とてつもない熱さと、喉の奥が締まるような恐怖と、驚き走り去っていく子猫の姿と。

そのすべてが鮮やかに蘇り、息苦しさに襲われる。

「これ食べな。薬みたいなもんだから」

はあはあと呼吸が荒くなったわたしに、死神先生は何かを差し出す。

苦しさに顔を歪めていたせいで、その正体はわからない。だけどこの苦痛が少しでも楽になるならばと、差し出されるままそれを口の中に放り込む。

途端に広がる、ハッカの爽やかな甘み。

ドロップスだと気付くのに、そう時間はかからなかった。

「ど？　息できそう？」

「……はい」

深呼吸を繰り返し、少しずつ落ち着きを取り戻す。

「よかったね。責任問題とかなると面倒だし」

「す、すみません……」

「いいよ別に。おさまったんだし」

あれ。今、わたし謝るところだった？

そんな疑問が浮かんだものの、まずは心臓を落ち着かせることに専念する。

いまだにドクドクと変な動き方はしている。それでも、冷や汗とどうしようもない恐怖感は遠のいていってくれたみたいだ。

すーはーといくつか深呼吸をしたところで、わたしは顔を上げた。

「あの、今のってドロップスですよね？」

薬みたいなもの、と言っていたけれど、あれはただのドロップスに違いない。

「そ。だけど治ったでしょ？」

「たしかに……」

「プラシーボ効果って知ってる？」

「ぷらしーぼこうか、ですか？」

あまり聞いたことのない言葉だ。死神先生は一度頷くと、人差し指をぴんとたてる。

「ただのドロップスでも、薬だと思い込んで飲むと、本物みたいに効果が出るってこと。人間なんてのはさ、気持ちひとつで健康にも不健康にもなれちゃうわけだよ」

「でも、それならどうして、世の中に不治の病があるんですか？　気持ちだけでどうにかなるなら、みんなが健康になれるはずなのに」

わたしがそう反論すると、死神先生はぱちぱちと二度ほどまばたきをして、それから頷いた。

「たしかにね。気持ちひとつで治るなら、みんな必死にメンタルを強くして病気に打ち勝ってるかもね。だけどまあ、現実はそう甘くはないってことでしょ」

現実はそう甘くない。その言葉につられるように、わたしは再び額の火傷の痕に手をやった。

指先でたどる、でこぼことした皮膚の隆起。

ただでさえコンプレックスのある顔なのに、こんな傷ができたらさらにどうしようもない。

「ああ、そうだ」

死神先生はキィ、と椅子の背もたれを鳴らすと、今度は机の上の資料をまとめて読み上げる。

「掛井美咲、十六歳。趣味はメイクをすること。放火による工場ガス爆発に巻き込まれ意識不明。額に火傷を負う」

ふうん、と一度唸《うな》った死神先生は、そこに何かを書き足している。

「ルッキズムに支配されてる、っと」

ぶつぶつと何か言ったけれど、うまく聞き取れない。

「え？　なんですか？」

「別に、こっちの話」

どう考えてもわたしに関係のあることのはずなのに、適当に流す死神先生に不信感が募っていく。

本当にこれで先生なんだろうか。

怪しさしかない。だいたい、死神先生って名前からして怪しい。だけどここは狭間の教室という理解不能な場所なんだから、そもそもすべてが怪しいのかもしれないけど。

「それで、卒業試験を受けてもらうんだけどさ」

「さっき、雅たちから簡単に聞きました」

そう答えると、死神先生は不服そうに眉を寄せる。

「なんで僕の仕事取っちゃうかな。ま、いいや。もう一度説明聞いておいて」

雅の説明はいまいちわからなかったので、素直に聞いておくことにする。

「掛井さんには、砂時計が落ち切る前に卒業試験を受けてもらいたいのね」

「砂時計なんて、持ってないですけど」

すると死神先生が、まっすぐにわたしの制服のポケットあたりを指差した。ミラーが入っているのと反対側のポケットに手を入れると、こつんと何かが指先にあたる。

取り出してみると、黄色い砂時計。サラサラと、砂は上から下へと落ちている。

とても美しくて、思わず目を奪われてしまう。

「それ、掛井さんに残された時間ね。制限時間内に合格すると、元の体に戻るか、輪廻転生の道に進むか選べるようになるから」

そういえば、雅が書いた黒板には、〝生き返る〟や、〝生まれ変わる〟という文字があった気がする。

彼女が言っていたのは、こういう意味だったんだ。

「輪廻転生って、別人として生まれ変わるってことですよね？」

「そ。合格して輪廻転生を選んだ場合は、別の人間としてゼロからスタートするって感じだね」

「そのときって、色々選べるんですか？　顔とか、スタイルとか」

頭の中に浮かぶのは、ゲームで自分のアバターを作るときの感覚だ。輪郭から目の大きさ、髪型や身長まで好みのものを選ぶことができる。

しかし死神先生は、またしても不思議な生き物を見るような顔をした。

「何それ」

「いや、だから……、こういう顔になりたいとかそういう希望みたいのは……」

そこで今度は、じろりとわたしを睨む。

「聞いてもらえるわけないでしょ、そんなわがまま」

死神先生はぷりぷりしながら「人間に生まれ変われるってだけで感謝しなよね、まったく」と小言を続けていて、わたしは首を竦めて黙った。

生まれ変わったら、理乃みたいなかわいい女の子になれるかもと期待した。

だけどそうはうまくいかないらしい。

それどころか、今よりももっとひどい顔になる可能性だってあるってことだ。

そんなリスクを冒《おか》すのなら、元の体に戻って整形をした方が確実なようにも思える。

「この傷だって、整形でどうにかなるよね……」

無意識の呟きは、すぐに確信へと変わる。

「そうか……、そうだ！　この傷を理由にすれば、お母さんだって整形に賛成するはず！」

ピンチはチャンスだと、昔からよく言う。

顔に火傷なんて致命的だと思ったけど、考え方によっては神様からのプレゼントとも捉えられる。

この傷を消すついでに、鼻も整形してもらえばいいんだ。

そうすれば高校卒業を待たずに整形ができる。

「死神先生！」

自分の中で答えを見つけたわたしは、ぱっと顔を上げる。

「卒業試験に合格したいです！　どうしたらいいんですか!?」

一応、成績はクラスで上位の方だ。

突拍子もない問題でない限り、合格するのはそう難しくはないと思う。

「本当の未練を見つけて、解消する。それだけだよ」

「え……？」

「チャンスは三回。掛井さんが行けるのは、過去、現在、未来のどこかね」

理解が追い付かない間にも、死神先生は続ける。

「それぞれのチャンスに与えられた時間は十一分だから、ヨロシク！」

いくつか気になることはあるけれど、とにかく砂時計が落ち切る前に合格すればいいということらしい。

それに、この試験内容はわたしにとって難しくはなかった。

未練と聞いて、すぐにピンと来た。

わたしの場合は、整形できなかった、という事実が未練になっているに違いない。

「火傷の痕を治すっていう名目で、整形すれば周りもとやかく言わないよね……」

今の時代でも、整形することについて様々な偏見があるのは事実だ。

わたしにとっては希望の光なのに、したこともない、する必要もない人たちが、色々なことを言いたがる。

それを無視できるほど、わたしはまだ強くない。

だけど事故を言い訳にすれば、誰も何も言ってきたりはしないはずだ。

「卒業試験、受けます。今すぐ、受けたいです」

焦る気持ちを抑えられず、前のめりになっている自分に気付く。

それでも、姿勢を戻そうとは思えなかった。

はやく。

はやく。

少しでも、はやく——。

「それじゃ、どこに行く？　未来、現在、過去の中から選んで」

カランカランと、死神先生がドロップスの缶を振る。

「現在へ……！」

ころんと、わたしの手のひらにピンク色のドロップスがひと粒落ちる。

一瞬躊躇《ちゅうちょ》したものの、思い切って口の中へとそれを入れる。

きゅっとした甘酸っぱい香りが、胸の奥へと広がっていった。

◆

ひんやりとした冷たい空気に、そっと深呼吸をする。

ゆっくりと目を開けると、そこは薄暗い廊下だった。

独特の雰囲気と匂いで、病院だとわかる。

「あれ？」

気持ちを落ち着かせるために、いつものようにミラーを取り出そうとポケットに手を入れようとしたところで違和感に気付く。

制服とは違う、パリッとした感触。

真っ白なパンツウェアは、どう見てもわたしが着ていた学校の制服とは別物だ。

ぬっ、と横に薄水色のウェアを着た死神先生が現れ飛び上がる。

「看護師だねえ」

まさか、いるなんて思ってもいなかったから。

「ふーん、僕はリハビリ療法士ね。懐かしいなあ」

懐かしい、って。死神先生にも、生きてた時代があったってことだろうか。

興味深そうに、首からかかっているネームプレートを確認する死神先生に、同じようにわたしも自分の胸元へと視線を落とした。そこには、〝看護師・塩田《しおた》〟という文字が並んでいる。

「塩田……？」

「卒業試験で現在を選んだときは、別人になって十一分過ごすわけさ。意識不明のはずの人間が動いていたら大変でしょ」

「たしかに……」

死神先生の説明に納得すると、ガラス戸に塩田さんとなった自分の顔が写った。

「あ……」

そこにいたのは、二十代くらいの女性だった。

メイクもほとんどしていなくて、さっぱりとした顔だ。

──きちんとメイクをしたら、きっとすごく綺麗なのに。

塩田さんには申し訳ないけれど、そんなことを思ってしまう。

もしもわたしが塩田さんならば──この十一分間という短い間ではなく──、すっとした並行眉にして、目元にはグレーのアイシャドウをすると思う。

そんな卒業試験とは関係のないことを考えていると、死神先生の「行くよー」というのんびりした声で我に返る。

二メートルほど先を行ってしまった死神先生を慌てて追いかける。

「掛井さんの病室に、ちょうどお母さんがいるみたいだよ」

「え、そうなんですか？」

「うん。チャンスでしょ、色々伝えたいことあるんじゃないの」

「……はい」

死神先生に、わたしの未練が何か、はっきりとは伝えていない。

だけどもしかしたら、お見通しなのかもしれない。

塩田さんとしてお母さんと接することができるのは、ほんの十一分。

その間に、お母さんを説得しなくちゃいけない。看護師の姿であることは、都合がいい。

高校生であるわたし本人が話すより、きっとちゃんと聞いてくれるはず。

わたしがどの病室にいるのか。死神先生はそれを知っているのか、薄暗い廊下を場違いな軽い足取りで進んでいった。

「失礼します」

ガラガラ、と病室の引き戸を開ける。死神先生は、廊下に立ったまま、顎をくいくいっとさせるだけ。

ここからはひとりで行け、ということみたいだ。

ごくりと、喉元が大きく動く。

少し古い、無機質な部屋に横たわっていたのは、紛れもないわたしだった。

額を覆うように、ぐるぐると包帯が巻かれている。

──ああ。やっぱり鼻が丸いな。わかってはいたけど、メイクをしていないわたしは〝かわいい〟とはかけ離れている。

傷だらけとなった自分が眠っている姿より、形の悪い鼻や素顔を客観的に見ることの方が、ずっとショックが大きい。

顔色の悪いお母さんはこちらを見ると、ぺこりと頭を下げる。

目の下のクマもひどくて、一気に十歳くらい老けてしまったように見える。

その姿に、ずきりと心が痛む。

たくさん心配をかけてしまったんだろう。

お母さんがわたしを大事に思っていることは、ちゃんとわかっている。

毎日のように言ってくれた「かわいい」という言葉も、本心だって知っている。

だからこそ、正真正銘の〝かわいい〟を手に入れたい。

そうすれば、お母さんの言葉を素直に受け取ることもできるはず。

「お母……、えっと、掛井さん」

看護師の塩田の顔で、眠る自分をちらりと見ながらお母さんに声をかける。

「このたびは、本当に大変だったと思います」

いつだったか見た、医療ドラマを思い出しながらそれらしい言葉を探してみる。

お母さんは虚ろな瞳をゆっくりと、こちらへと向けた。

「額の傷は大きく、目覚めたときに美咲さんはとてもショックを受けると思います」

実際に、わたしはこの傷を見て気を失うほどだった。

今だって、この傷と一緒に生きていこうだなんて、何があっても思えない。

「顔に傷が残るというのは、本当につらく苦しいことです」

わたしの言葉に、お母さんは静かに目元を拭いながら小さく頷く。

お母さんも、そのことは理解しているんだ。ちゃんと、わかってくれている。

これならば――、と希望が確信に変わっていく。

わたしは、眠る自分の手に一度だけそっと触れる。

ひんやりとして冷たくて、自分のものとは思えない。

ひとつ深呼吸をして、覚悟を決めてお母さんに体を向ける。

「だけど今は、このような傷も手術で綺麗に消すことができるんですよ」

お母さんは少しだけ目を見開く。

そんなこと、考えてもいなかったんだろう。

「整形手術の技術は、本当にすごいんです」

「整形……になるんですか？」

「はい」

本当は、専門的なことはわからない。皮膚科の手術なのかもしれないし、そうじゃないのかもしれない。だけど今は、そんなことは言ってられない。

「額の手術のときに、美咲さんがコンプレックスに思っている部分もやってあげたらいいんじゃないでしょうか」

言葉を選びながらそう言うと、ぴくりとお母さんの肩が揺れた。

わたしはあえて、優しく微笑み横たわる自分の手をそっと握る。

あたたかい、わたし自身の手。

「わたしもそうだったから、よくわかるんです。コンプレックスを抱えて生きていくのってすごくつらいです。だけど今は、本当に自然に綺麗にしてくれる技術があって」

「あなた……、何を言っているかわかっているんですか……？」

ふるふると、お母さんの体が震えている。怒りで、だ。

だけどここで、怖気づいてしまったら無駄になってしまう。

わたしは拳を握って深呼吸をすると、あえて落ち着いた声を出す。

「良い機会だと思います。額に傷を負った美咲さんの意志を尊重して」

「それは美咲の意志ではないでしょう⁉」

がたんと立ち上がったお母さんが、強く言い放った。

「わたしだって、娘の意志は尊重したいと思っています。だけどそれを決めるのは、あなたじゃない。美咲が自分の容姿について、あなたに何か言ったんですか？　意識不明の状態なのに？　今はまず何よりも、この子の意識が戻ることを第一に考えるのが当然じゃないんですか!?」

いつも穏やかで、優しいお母さん。自分の意志はしっかりと持っていつつも、感情を乱すことのないお母さん。

そんなお母さんがこれほど苦しそうな顔をするところを、涙を浮かべるところを、怒るところを、初めて見た。

「出ていってください。大事な娘を、あなたみたいな人に侮辱されたくない」

ぴしゃりと、お母さんがわたしを拒む。

「あ……、わたし……侮辱なんて……」

そのあとの言葉は、何も出てこなかった。

だってまさか、こんな風になるなんて思ってもみなかったから。

わたしは、わたしの未練を解消するためにここに来たわけで。

そんな、お母さんのことを泣かせたり、傷つけたかったわけじゃなくて。

じりじりと、足が勝手に後ろに下がる。

とんっと背中に何かがぶつかった瞬間に、耳元に死神先生の声が響いた。

「掛井さん、不合格」

◆

パッと周りが明るくなって、わたしは思わず目を覆った。

「作戦も試験も、失敗だったみたいだね」

あっけらかんとそう言う死神先生に、再び先生の部屋に戻ってきたのだと悟る。

ピンク色のドロップスを舐めたときと同じ、長椅子の上にわたしは座っていた。

「はぁ……」

重いため息が、膝の上に落ちていく。

制服のポケットになんとなく手を入れると、ミラーの角が指先に当たる。

だけど取り出して、自分の顔を確認することはしなかった。

そんなことをしなくたってわかる。

わたしは、丸い鼻と額の傷、それから最低な心を持った掛井美咲で、さらに今、誰にも見せられないような顔をしている、って。

「失敗、ですか……」

「そ。それどころか、未練を見つけることさえできてないよ」

「未練なんて……」

言葉と共に、涙が一筋頬をつたう。

気付かれぬよう、死神先生に背中を向ける。

お母さんを傷つけた。怒らせて、泣かせた。ただでさえ、わたしが意識不明になったことで疲弊していたのに。

「わたしの未練って、なんなんでしょうか……」

整形をして、本当のかわいさを手にする。それが、試験に合格する条件だと思っていた。

だけどこうして一度試験を受けてみて、わたしの未練はそこにあるわけじゃないような感覚に襲われている。

「そんなの、僕が知るわけないでしょ」

死神先生は当たり前のようにそう言って、キィッとまた椅子の背もたれを軋ませる。

「かわいくならなきゃいけないのに……」

わたしの願いは、お母さんを傷つけてしまう。

「どうしたらいいの……」と顔を覆おうとしたときだった。

「掛井さんって、外見だけでできてるの？」

死神先生が、不思議そうにこちらを見る。

「え……？」

「だからさ、かわいくない自分はだめとかって思っちゃってんでしょ？」

「それは、そうですけど」

「かわいいって、そんなに偉いの？　そんなすごいの？」

まるで子供みたいに次々と質問してくる死神先生に、わたしは戸惑う。

「それはもちろん、〝かわいいは正義〟って言われてるし……」

「誰が言ったのさ」

その言葉は、さくっとわたしの心臓の真ん中に刺さる。

「顔も知らないどっかの誰かが言ったことで決まるの？　きみ自身の価値が？」

正論だ。

まっすぐすぎる、わたしには眩しすぎるくらいの正論で。

だからこそ、ついむきになって反論したくなる。

だってわたしはこれまで、たくさん傷ついてきた。苦しんできた。かわいいは正義と言われるこの世界で、ずっとずっと戦ってきた。

そんなことも、知らないで――。

「死神先生は今の世の中のことなんか知らないですよね!?　今わたしが生きている世界では、とにかくかわいくなくちゃいけないんです！」

「どうしてさ」

「どうしても！　メイクをしたって誤魔化せないこの鼻は、絶対に整形しなくちゃいけないの！」

勢いに任せて大きな声が出ていたことに、自分でも驚く。

はぁっ、とひとつ息をついたところで、死神先生は変わらぬまっすぐな瞳でわたしを見つめた。

「そこにきみの意志はあるの？」

「意志……？」

「整形したい、じゃなくて、整形しなくちゃいけない、だなんて。きみは、何も選んでない」

ぐらりと、大きな眩暈が襲う。

わたしが、何も選んでいない？

足元の地面が崩れていくような、心もとなさが全身を覆っていく。

わたしは、かわいくならなくちゃいけなくて。

それには整形だって不可欠で。

──わたしは本当は、どうしたいの？

──わたしの未練って、何？

ふと、お母さんと最後に話したあの夜の会話が思い出される。

整形したいと言ったわたしに、お母さんは何度も理由を聞いた。

もしかしたらお母さんは、気付いていたのかもしれない。

わたしの意志が、そこにはなかったということに。

◆

砂時計は、同じ速度で落ち続けている。

最初の卒業試験に失敗してから、数日が経っていた。あと二回、チャンスは残されている。だけどわたしは、なかなか次の試験に臨む気になれずにいた。

「雅って、メイクしなくても美人でしょ」

「へ？　美咲っちてば、いきなり褒めるじゃん！」

一度目の試験が終わった直後、しばらくわたしはふさぎこんでいた。

自分の未練どころか、意志すらもわからない。そんな混乱するわたしを癒し、元気づけてくれたのはクラスメイトたちだった。

その中でも、雅とはメイクの話題で意気投合して、今ではこうして気兼ねなく話ができるようにもなった。

「でもわかる、あたし結構イケてると思うもん自分でも」

うんうんと、腕組みしながら雅が頷く。その様子を見ていると、なんだか笑ってしまう。

わたしの周りに、こんな感じの子はいなかったから。

ふと、理乃のことを思い出す。

理乃、元気にしてるかな。

わたしが事故にあって、きっと心配してるだろうな。

このまま死んじゃうんだったら、あのとき理乃にメイクを教えてあげればよかった。

「美咲っち、初めてメイクしたのはいつ？」

雅の質問に、センチメンタルになっていた自分を奥へ押しやる。

「中二の春に、好きだったモデルさんのメイク動画を見たのがきっかけ」

今でもそのときのことは覚えてる。

もともと綺麗な人だったけど、メイクによってこんなにも変わるんだと本当にびっくりしたんだっけ。

少ないお小遣いでプチプラのコスメを揃え、雑誌やＳＮＳ、動画を真似しながら自分の顔を彩っていく。そんなメイクというものに、わたしはすぐに夢中になった。

最初はひどい仕上がりだったけれど、回数を重ねるうちに慣れていって。さらに続けていくと、同じアイテムでも合わせる色によって色々な表情を作り出せることに気付いたりもして。

高校に入って、色付きのコンタクトにすると、今まで知らなかった自分に出会えた気分になった。

そんな話をしていると、「美咲っち、いい顔してるぅ」と雅が笑った。

「メイクすると、あたし最強！ってなれるよねっ」

力こぶをつくる雅に、わたしもつられて笑った。

「わかるわかる。わたしは、レベルアップした感じしてた。メイクすると、テレレテッテテーって、ゲームの音楽が流れるみたいな」

「美咲っち、勇者じゃん！」

くだらないことを話して、笑い合って。

こんな風に、心から笑ったのって久しぶりだ。

はあ、とわたしはひとつ呼吸を挟む。

「メイクするの、楽しかったんだけどなぁ……」

ひとりぼやくと、雅が茶色い瞳をくるりと向ける。

「今は楽しくないってコト？」

「いつからかな……、メイクしなきゃって、義務みたいに感じちゃって」

自分の好きな色や質感で選んでいたコスメも、どれだけ素肌を隠せるかというカバー力を重視するようになった。

自然な風味が好きだったのに、今ではくっきりとした印象になるアイテムばかり。

「本当の自分を隠すために、メイクをするようになったんだと思う……」

こうして言葉にすることで、改めて自分のことを知っていく。

案外、自分のことは自分が一番よくわかっていないのかもしれない。

わたしが口をつぐんで俯くと、雅が「いいじゃん！」と明るく言う。

「なんにしたって、メイクは美咲っちを守ったり救ったりしてきたってことで！」

雅の底抜けの明るさは、太陽みたいだ。

彼女がそう言ってくれると、そんな風に考えていいんだと心が軽くなる。

「雅は？　いつ初めてメイクしたの？」

今度はわたしが質問をすると、雅は大袈裟に腕組みをしながら唸った。

「ん〜、いつだろ、小四とか？」

「えっ、早いね」

「春美さん――ってうちの母親なんだけど。母親がねえ、気分よく酔っぱらって帰ってくると〝雅ちゃんは絶対に化粧映えするわよぉ〜〟とか言いながら、あたしの顔にメイクしてくれたんだよね。真夜中で寝てても関係なく起こされてさぁ。でもまあ、なんだかんだ、そんなのも嬉しかったんだけど」

ひひっ、と照れくさそうに笑う雅に、わたしはそっと目を細める。

底抜けに明るく見える雅にも、色々な事情があるんだろう。

「ねえ雅」

「んー?」

小さく深呼吸をして、一歩踏み込んだ質問をしてみる。

「雅は、他人と自分を比べることってある……?」

胸の奥底で渦巻く、黒い感情。

大事な友達であるはずの理乃と自分を比べ、嫉妬している醜い心。

わたしは、そんな自分が嫌いで仕方がない。

「比べるかぁ、例えば?」

純粋な瞳に見つめられ、ごくんとひとつ息を呑む。

「例えば……、〝誰かが持っているものを自分は手にしていなくて、どうしようもなく焦る〟とか」

わたしにとってそれは、正義となりえる〝かわいい〟だ。

理乃はそれを生まれながらに持っていて、わたしはそのかけらも持ち合わせていない。そのことに、ひどい焦燥感を抱いている。

こちらを見つめる雅の瞳が、ほんの少し揺れた気がした。だけどその揺らぎはすぐに消え、雅はにっと歯を見せて笑った。

「あたしは今の自分が好きだから。他人と比べることもないかなー」

雅らしい言葉に、わたしは小さく息を吐く。

きっと彼女ならば、そう言うだろうと思っていた。だけど同時に、雅のように自分を好きと言えない自分が、どうしようもなく嫌になる。

「あのさ、美咲っち」

肩を落とすわたしに、雅は変わらぬ様子で話しかける。

「あたし、メイクのセンスとか全然ないんだよね。どうにか覚えたひとつのメイクをずーっと続けてるだけ。でも、美咲っちは違うじゃん？」

「え……？」

「メイクが好きで楽しくて、それでもってセンスもある。あたしにないものを、美咲っちは持ってる。だけど美咲っちにないものを、あたしは持ってる。みーんな、そんなもんじゃない？」

歯を見せてにかっと笑う雅に、窓辺から光が差し込む。

「わたしが持っているもの……」

だめなところばかりだと思っていたわたしにも、そんなものがあるのだろうか。

「そこでさ～ぁ～」

突然雅が、くねりとしなを作る。

わたしと視線をぱっちりと合わせると、彼女は両手を胸の前で合わせた。

「美咲っち、あたしにメイクしてくれない？　ナチュラル美人になれちゃう、特別なメイク！」

狭間の教室にやって来て驚いたことのひとつは、名前が書かれたロッカーにコスメボックスが置かれていたこと。

そこには、わたしがこれまで集めてきたすべてのアイテムが入っていた。

以前そのことを雅に聞いたところ、その人にとって大事なものは狭間の教室でも用意されることがあるらしい。

「やっぱり雅、肌すっごく綺麗」

しっかりめのメイクを落としていくと、卵みたいなつるんとした雅の素肌が現れる。

「うわー、すっぴん見せるのとか初すぎてなんか恥ずかしー！」

そう言いながらも、机の上に置いたミラーで自分を見ながら嬉しそうにする雅。

三十分くらい前。雅から頼まれたのはナチュラルメイク。

「たまにはいいっしょ、ギャップ的な感じで。好きな人をドキッとさせちゃえ作戦！」

自分じゃできないから美咲っちに感謝！と、雅は肩を上げる。

それにしても、雅に片思いをしている相手がいただなんて。

「どんな人なの？　雅が好きな人って」

化粧水を含ませたコットンで保湿をしながら、気になっていたことを聞く。

「えー？　それ聞いちゃう？　ふふっ、知りたいよねえ美咲っちも」

体をくねくねと動かした雅は、そのまま目をぱちぱちとさせる。

その様子がかわいらしくて、笑ってしまう。

こんな雅が好きになる相手なんだから、きっと素敵な人に違いない。

「美咲っちも、知ってる人だよ」

語尾にハートマークをつける雅に、下地クリームをチューブから出していたわたしの手は止まる。

わたしも知ってる、ってことは、狭間の教室にいる誰かっていうこと？

いやいや、だけどここの生徒たちは毎日のように卒業したり転校してきたりで、この場所で恋愛をするというのはピンと来ない。

「かっこよくって～、ちょっと捻くれてて～、だけど実は優しくって～、いつもあたしたち生徒を導いてくれて～」

雅の話を聞きながら、肌の上にクリームを延ばし、パウダーで軽く抑える。

生徒を導いてくれて、って。そこまで言われたら、消去法でひとりしかいないじゃないか。

「まさか、雅の好きな人って……」

キャー！と、嬉しそうに叫ぶ雅。

「美咲っち、鋭すぎる～！」

両足をバタバタと揺らす雅に、思わず「う、うわあぉ……」なんて変な声が出た。

だってわたし的には、死神先生に恋をするとか一切考えられなかったから。

人間、好みは様々だ。

「ま、ぜーんぜん相手にしてもらえないんだけどね～」

雅はそう続けて、鼻に皺《しわ》を寄せてから笑う。

「でもさ、たまにはいつもと違うあたしを見せて、ドキッとさせたいじゃん？」

「雅、かわいい……」

素直に、心の底からそう思った。

唐突なわたしの言葉に、雅は一瞬びっくりしたような顔をして「美咲っちってば、いつも突然褒めるじゃん！」と、おどけるようにする。

今の雅はまだ肌を整えただけの姿で、いつもの華やかなメイクをしているときよりも顔の印象はさっぱりしている。

それでも、恋をしている雅は、内側からにじみ出るかわいらしさで溢れていた。

そんな彼女を見ていると、わたしの中でも強い気持ちが湧き上がってくる。

「雅、わたし頑張るから！　ただのメイク好きでしかないけど、雅のかわいさがナチュラルメイクで引き立つように、めいっぱい頑張るから！」

自分以外の誰かにメイクをするなんて、初めてのこと。

そんな簡単に、雅が納得するようなメイクができるかはわからない。

それでも、わたしにできることがあるのならば――。

「美咲っちにそう言われると、本当にかわいい自分になれる気がする！」

太陽みたいな雅の笑顔に、なぜだかわたしは、胸がいっぱいで泣きそうになっていた。

◆

ずっとずっと、忘れていた。

メイクをすることは楽しくて、わくわくすることだってこと。

色々な自分になれるのが楽しくて、レベルアップの音楽を鳴らしてくれていたはずのメイクは、いつからか本当の自分を隠すための義務に変わっていた。

「美咲っち！　なっちーが卒業試験受けるんだって！　勝負メイクしてあげて！」

クラスメイトのひとり、なっちーの手を引っ張ってきた雅。

ドキドキしたような表情の彼女を椅子に座らせた雅は、慣れた手つきで大きな鏡をガラガラと引きずりながら持ってくる。

この鏡は、もともと死神先生の部屋に置いてあったもの。それを雅が頼み込んで、教室で使えるようにしてもらった。

「美咲ちゃん、お願いしてもいい……？」

こちらを見上げるなっちーに、わたしは「もちろん！」と腕まくりをする。

雅にナチュラルメイクをした日。

彼女は飛び跳ねて喜び、何度もわたしに「すごい！」「ありがとう！」と言ってくれた。

それをきっかけに、他のクラスメイトたちからもメイクを頼まれるようになった。

そうしていつからか、みんなが卒業試験を受けるとき、わたしがメイクをするという習慣のようなものができていったのだ。

「美咲っちのメイクがあれば、どんなこともうまくいくってジンクスがあるからね！」

「雅、そんな根拠もない適当なこと言って……」

「本当だよ。美咲っちにメイクしてもらうと、みーんな前向きになれるんだもん」

「もう……」

照れ隠しでそう言いながらも、本当は嬉しい。

わたしの砂時計は、刻一刻と時を刻んでいる。あれから一度も、卒業試験は受けていない。

自分のことはそっちのけで、みんなのメイクばかりして、自分でもどうかと思う。

それでも今のわたしにとって、こうしてみんなにメイクをする時間は、何よりも大切なものだ。

「なっちーは、肌が白くて瞳がグレーっぽいから……。この桜色のアイライナーとかも似合いそう！」

わたしがコスメを見せると、なっちーは目を輝かせる。

その姿に、かわいい、素敵だな、と素直に思う。

みんなのメイクをしながら、わたしは毎回、何度も何度もそう思う。

それは、すっぴんであろうがメイクをしたあとだろうが関係なくて。わくわくしている心がそのまま、表情に表れているからだと思っている。

「昨日は俺がメイクしてもらったけどさ。学食のおばちゃんたちからも好評だったよ。アイドルみたいだ、って」

いつの間にか鏡の脇に立っていた隼人先輩は、昨日からやたらと髪の毛をかきあげている。

この学校にはお昼の時間にだけ現れる不思議な学食がある。

食事を作ってくれているのは、もよもよと動く黒い影。

だけど隼人先輩レベルになると、その姿もおばちゃんだと認識できるようになるらしい。

「それじゃあ、メイクを始めるね。なっちーの卒業試験が、うまくいくように願いを込めて」

深呼吸をしたわたしは、ふわふわのブラシを手に取った。


「掛井さん」

なっちーを卒業試験に送り出してからしばらく経った頃。

ガラリと教室のドアを開けた死神先生が、真っ先にわたしの名前を呼んだ。

そのままススッとわたしの席までやって来る。

「さっき、夏井《なつい》さんが卒業したよ」

——よかった、なっちーは未練を見つけて解消できたんだ。

ほっとしたのも束の間、なんとなくおもしろくなさそうな表情の死神先生に、わたしは肩をすぼめる。

「きみ、みんなにメイクしてあげてるんだって?」

きっとわたしが、自分の試験を放っておいているから小言を言われるんだろう。

そりゃあまあ、わたしだってどうにかしないとなとは思っているけど……。

「ずるいね、本当にずるい」

「……へ？」

死神先生は仁王立ちして、腕組みをしている。

「僕だけしてもらってないんだけど。不公平じゃない？　雅もいい感じにやってもらったのにさ」

「え、えぇ～……？」

戸惑いつつもそちらを向くと「メイクした死神先生見たい！」と、雅は飛び跳ねていた。

男の人にメイクをしたのは、隼人先輩が初めて。

女の子にするのとは骨格も違うし、なんとなく勝手は違う。

それでもやっぱり、誰かの〝いつもと違う自分を見てみたい〟という前向きな気持ちに触れられるのは、楽しくてやりがいがある。

「ねえ待って……！　死神先生、もはやモデルなんですけど。美咲っちすごすぎ！」

メイク終了後。

一部始終を見ていた雅が、目をキラキラとさせながら両手を組んだ。

死神先生の肌は真っ白でさらさらしてて、顔のパーツもどれもとても整っていたから、そんなに手を加えるようなことはしていない。

それでも、普段身なりに無頓着そうな死神先生を変身――なんていうと大袈裟かもしれないけど――させることは、とても楽しかった。

普段はそのまま放ってある髪の毛も、無造作に跳ねさせてみたらおしゃれな雰囲気になった。

「ふうーん……」

死神先生は立ち上がると、まじまじと鏡を見つめる。

いつもと変わらないその表情に、心臓がドキドキと騒ぎ始める。

誰かにメイクをしたあとは、楽しかったという達成感と同時に、すごく緊張する。

気に入ってくれたかな、とか、好みに合わなかったらどうしよう、とか。

死神先生はしばらく鏡の上で、角度を変えて自分を見ると「ふーん」ともう一度鼻を鳴らした。

「僕、いいじゃん」

まんざらでもなさそうな顔をした死神先生に、肩の緊張が解けていく。

よかった、気に入ってくれたんだ。

「死神先生、かっこいい！」

「似合ってますよ」

「なんだか本当、芸能人みたいね」

雅たちの言葉に、死神先生は「ふふふん」と何度もポーズを取っている。

教師らしからぬ言動なのに、死神先生っぽいと思ってしまうくらいには、わたしはここでの生活に馴染んでしまっているみたいだ。

「これからは、アイドル先生って呼ばれるかもしれないな」

死神先生がそう言うと、クラスメイトたちはすすーっと自分たちの席へ戻っていく。雅ですら「みんなのアイドルになられるのは困る……」なんて言いながら。

その様子がおかしくて、わたしは笑った。

「どうやら、噂は本当みたいだね」

死神先生はなおも、鏡の前でターンをしながら言う。

「噂？」

「そ。掛井さんにメイクしてもらうと、みんな前向きになれて色々なことがうまくいく、って噂。さっきの夏井さんも、同じこと言ってたよ」

「わたしは何も……」

嬉しい反面、どこか恐縮してしまう。

そんな大袈裟なものじゃないのに。

「伝わるんでしょ、掛井さんが持ってる思いとかが」

死神先生の視線は、やっぱり鏡の中のまま。

それでもその言葉は、まっすぐにわたしに届いてくる。

「見た目は関係ないなんて綺麗ごとは、僕も大嫌いだけどさ。外見だけがすべてじゃないとは思ってるよ」

〝かわいいは正義〟

わたしの胸の奥深い場所に根を張ったその言葉が、ふいに浮かぶ。

「きみはそれを、証明してるって思わない？」

鏡越しに、死神先生と目が合う。

ぴきりと、根を張っていた呪いの言葉が、ひび割れる音がした。

◆

誰もいない教室で、わたしは大きな鏡の前に立っている。

窓の向こうの空は、雲ひとつなく青く晴れ渡っている。

「なんか、こういう気持ちで自分にメイクしたのは久しぶりだな」

そう呟いて鏡を見ると、テレレテッテテーと脳内でレベルアップの音楽が流れた。

自分を隠すためじゃない、自信をつけるためのメイク。

「へへ、うまくできた。この色、かわいいな」

イエローのアイシャドウなんてあまり使ってこなかったけど、春っぽくなってかわいい。

鏡の中の自分に〝かわいい〟と思えたのなんて、本当に久しぶりだ。

ころんとした鼻は相変わらずだけど、狭間の教室で時間を過ごす中で、次第に気にならなくなっていた。

「ありがとうね、コスメたち」

机の上に広げたコスメを、指先でひとつずつそっと撫でる。

このアイテムたちに助けられながら、ここで、大事な人たちの一歩を踏み出す手伝いをすることができた。

そのことは、わたし自身にも忘れてしまっていた大切なことを思い出させてくれたみたいだ。

もう一度鏡に視線を戻し、わたしはそっと前髪を手で持ち上げる。

左眉の上あたり。火傷の痕は、ファンデーションを塗ってもくっきりと浮き上がって見える。

「もう、気を失ったりしないでよね」

いつの間にか、教室には死神先生がやって来ていた。

「そんなこともありましたね」

初めてこの傷を目にしたとき、この場所で倒れたことを思い出す。

あんなにショックだったのに、今ではすっかり記憶から抜けていたなんて。

それだけここでの時間が優しくて、楽しかったということだ。

「それは、きみの勲章だね」

「え……？」

「子猫を守った証。きみが自分の信念を守った証」

まるであの事故を見てきたかのようなセリフに、思いがけず胸元が熱くなる。

醜くて、絶望にも思えた火傷の痕。

だけど、そんな考え方もできたなんて。

「掛井美咲さん」

点呼するように、死神先生がわたしの名を呼ぶ。

「さあ、きみは何を選ぶ？」

「わたしは――」

その続きを、空気と共に呑み込んだ。

答え合わせは、今からしてくればいい。

「卒業試験を受けに、過去に行きます」

カランカラン、と死神先生がドロップスの缶を振る。

ピンク色のドロップスが、わたしの手のひらに転がり落ちた。

◆

「お小遣いだけじゃ足りないの？」

お風呂が沸きました、という平和な音楽が鳴り響くリビングで、わたしはお母さんと向かい合っていた。

――過去に、戻ったんだ。

口の中にはまだほんのりと、甘酸っぱいピンク色のドロップスの風味が残っている。

「えっと……」

ここは、わたしが戻りたいと望んだ過去の時間。

お母さんにスマホの画面を見られ、整形をしたいと打ち明けたあの夜だ。

「ちゃんと話してほしいの。何か、まとまったお金が必要なの？」

「お母さん……」

「ねえ美咲。理由を聞かせてほしい」

こうして冷静になれば、お母さんが心からわたしを心配していることがよくわかる。

「……整形、したいと思ってたの」

きちんと、向き合いたい。

お母さんと、そして、わたし自身と。

前のめりになっていたお母さんは、わたしの言葉に以前同様ゆっくりと体を引く。

「どうして、そう思うの？」

「かわいくなくちゃだめって、思い込んでた……」

「何がだめなの？」

「本当はそんなことないのに、他人が決めた価値観に囚《とら》われてたの。かわいいは正義で、かわいくないは悪なんだ、って」

「美咲はかわいくて優しいよ。メイクだって上手だし、すごく素敵な女の子だと思ってるよ」

「そうかな……」

「お母さんは、今の美咲が好きだよ」

「……うん。ありがとう」

わたしが「考え直してみるね」と伝えると、お母さんは優しく頷く。

「本当に整形したいなら、したっていいんだよ。美咲が自分で考えて考えて、それで選ぶ道ならば、お母さんは応援する。誰が何を言っても」

ああ。やっぱり。

お母さんは、そういう人だった。

いつだって、わたしの意志を、大事にしてくれる人だった。

「ありがとう……」

胸がいっぱいのまま、自分の部屋へと向かう。

真っ暗な部屋に明かりをつけると、ドレッサーの鏡に自分が映る。

「ふ……、なんて顔してんだろ」

胸がいっぱいで、泣くのを堪えていたからだろう。

目元には涙が滲んでいて、丸い鼻は赤くなってトナカイみたい。

だけど、なんだか満たされた顔をしている。

誰かが決めた価値観に囚われて、自分をだめだと思うのはもうやめよう。

わたしの価値は、わたしが決める。

前髪を上げると、つるりと綺麗な額が現れる。

「鼻が丸くたって、額に傷痕ができたって、大丈夫。わたしは、今のわたしが大好きだよ」

鏡の中。泣き笑いする自分の姿がぼやけていって、死神先生の顔が現れる。

「掛井さん、合格おめでとう」

死神先生の声が、耳の奥で何度も響いた。

◆

「行ってきまーす！」

お母さんに声をかけ、玄関の扉を開ける。

雲ひとつない、青い空。今日は気持ちのいい快晴だ。

「美咲、おはよ！」

斜め前の家から、ちょうど理乃が出てきて手を振った。

「もう、体調は平気？」

「うん。退院したばっかのときは本調子じゃなかったけど、今はもうすっかり」

「よかったぁ～」

今から約一か月前。

わたしは、工場で起きた爆発に巻き込まれた。

気付いたときには病院のベッドにいて、一時は意識不明になっていたのだとお母さんが教えてくれた。

爆発の衝撃で額に火傷の痕ができてしまったけれど、そこまで大きなショックは受けなかった。

前髪で隠しちゃえば見えないし、事故から子猫を救えた勲章だと考えれば、誇らしくすら思える。

――あんなに、外見に執着していたのに。

だけどあの事故をきっかけに、憑《つ》き物《もの》が落ちたようにすっきりとした気持ちで毎日を過ごしていた。

「あのね、美咲」

両手を組み、どこか恥ずかしそうにしている理乃。

そんな姿も、やっぱりかわいい。

だけど以前のようなチクチクとした気持ちは、もう生まれてこない。

どういう心境の変化なのか、自分でもよくわからない。

だけど、理乃は理乃でわたしはわたしと、濁りなく思えるようになった。

「来月、先輩の誕生日で。思い切って誘ってみようかと思ってるんだけど」

「わ、すごくいいと思う！」

理乃には、中学時代から片思いをしている先輩がいる。

学校で顔を合わせれば話したりはするものの、奥手な理乃はかわいい後輩止まりなのが現状だ。

そんな理乃が、一歩踏み出そうとしているなんて。

これは親友として、精いっぱい応援したい。

「それでね……えっと……」

口ごもる彼女に、以前メイクを教えてほしいと言われたことを思い出す。

あのときわたしは、自分勝手な感情で理乃のことを突き放してしまった。

きっと理乃もそれを覚えていて、言いたいことをはっきり口には出せないのかもしれない。

申し訳ない気持ちで、理乃の言葉の続きを待つ。

「あのね……、おすすめのリップとかあれば教えてほしいな、って……」

控えめな申し出に、わたしは理乃の両手を掴んだ。

「もしよかったら、わたしにメイクさせてくれないかな?」

「え……、でも……」

理乃はびっくりしたように、目を見開いている。

「理乃、ごめんね。あのときわたし、理乃のかわいさに嫉妬してた。だけどね、親友が頑張るっていうなら、やっぱり精いっぱい応援したいんだ」

やっぱり理乃は、素顔のままでも十分すぎるほどにかわいい。あのときの言葉に、嘘はない。

それでもメイクをしたら、自分に自信を持てるようになるから。

自分のことを、もっと好きになれるから。

「嬉しい、ありがとう美咲」

ほっとしたような顔で涙を浮かべる理乃に、わたしは慌てて「なんでも任せて！」なんておどけて見せる。

「わたしのメイクには、気持ちを前向きにするパワーがあるんだよ！」

力こぶを作るようなポーズをすると、そこで理乃が吹き出してくれた。

「さらにね、色々なことがうまくいくって噂まであるんだから！」

彼女が笑ってくれることが嬉しくて、調子よく言葉が飛び出す。

理乃はくすくすと笑いながら「初めて聞いたけど、どこでの噂？」と人差し指で目元を拭う。

ふと、どこかの教室の風景が浮かんだ。

昔ながらの、がらんとした古い教室。

窓の向こうは果てしない青空が広がっていて、数人のクラスメイトと黒づくめの教師みたいな人がいて――。

ふわりと、花の香りを春風が運んでくる。

思い出せない。

思い出せないけれど、優しくて、あたたかくて、ちょっと不思議で、だけどすごく懐かしくて。

なぜだかこみ上げてきた涙を誤魔化すよう、わたしは空を見て笑った。

「遠い遠い、どこかでの噂！」

【エピローグ】

木の匂いが混じる、昔ながらの教室。

建付けの悪い机と椅子に、消した跡が残る黒板。

これまで何人の生徒たちが、ここにやって来ては去っていっただろうか。

「死神先生、誰かが卒業したあとはいっつも寂しそうだよね。あたしが慰めてあげる！」

「寂しいとかないから。雅の慰めも必要ない。僕にはまりもがついてるからね」

腕に絡みつこうとする雅をひらりとかわし、親友のまりもが入った小瓶を抱える。

まったく、雅は油断も隙もない。

「ははっ、寂しいのは雅の方じゃないの」

そんな様子を見ていた隼人が、笑いながら言う。

たしかに雅は、生徒がここを去るたびにこっそりと泣いている。まあ僕は、それを見て見ぬふりをしてるんだけど。

「わたしたちも、ずいぶんたくさんの人たちを見送ってきたよね」

僕よりも長くこの教室にいる花さんは、今ではもう達観したような感じだし。

だけどまあ、このいつもの顔ぶれに、僕自身もずいぶん慣れてきてしまった。

「死神先生って名前も定着しましたね」

花さんがゆったりと笑うから、僕は顔をしかめる。

「別に、自分で名乗ったわけじゃないよ。生徒たちが勝手にそう呼び始めたんだから」

だからといって、この場所では僕に、別の名前があるわけでもないんだけどさ。

「ただの〝死神〟より、〝死神先生〟のがしっくりきてるっしょ。だって死神先生、めちゃくちゃ優しいし生徒想いだし」

「雅は、僕を聖君か何かと勘違いしてるんじゃない？」

「セイクンって何？　死神先生の人間だったときの名前？」

そんなやりとりの横で、隼人と花さんは笑っているし。

やれやれ、狭間の教室も呑気な場所になったもんだよ。まあ、この三人しかいないときは特にさ。

――過去に、僕はこの狭間の教室に生徒としていたことがある。

人生、いろんなことがあるからさ。僕にだってそれなりに、歴史みたいなものがある。

だけどこの場所は、魂となった十代の生徒たちのための教室で。僕の過去を語るのは野暮ってやつだ。

「ねえ、死神先生」

「何さ」

「死神先生は、この場所から出ていきたいって思うことはないの？」

雅はたまに、ふとそんなことを質問してくる。その瞳には不安げな色が見え隠れするから、母親のことを思い出しているのかもしれない。

「どうかな。別に、自由になりたいわけでもないからさ」

これは本音。

別に、現実世界に戻りたいとか、あの場所でまた生きたいとか、そういうことは思わない。

ただ――。

「自分の人生は自分で選んでいい、って。ここに来たみんなが思ってくれれば、それでいいよ」

人生は、選択の連続だから。

それを聞いた三人は、同時に顔を見合わせてから、安心したように笑う。

「死神先生は、自分で選んで死神先生になったんだね」

「さあね、それはどうだろうね」

カタカタと、廊下の窓が風で揺れ、僕はまりもの小瓶を教卓の上に置いた。

どうやらまたひとり、迷える魂がやって来たみたいだ。

ガラリとドアを開くと、きょとんとした表情の女子高校生が立っている。

「ようこそ、狭間の教室へ」

運命は残酷で、抗えないものでもある。

それでもきみたちは、そんな運命に呑み込まれてしまうにはまだ早いんだ。

だからこそ、最後のチャンスを。

どう生きるかは、自分自身で決めていい。

――さあ、きみは何を選ぶ?

あとがき

こんにちは、音はつきです。『死神先生』を手に取ってくださり、ありがとうございます。

十代の頃には深く考えなかったことを、最近はいろいろと考えるようになりました。そのひとつが「生きるってなんだろう」という疑問です。元気で楽しく健康なままずっと生きていけるならば楽しいけど、絶対にそうでいられるという保証はどこにもない。生きているといろいろな出来事が起こります。

わたしには高齢の祖父がいるのですが、小さい頃から祖父のような大人になりたいと思っていました。

祖父は楽しいことが大好きで旅行もいくし、三六五日スーパー銭湯に通い、ゴルフをしておいしいものを食べてと、いつも自分のことを最優先。笑っちゃうくらいに人生を謳歌している祖父のことが、わたしは大好きです。そんな祖父を見ているうちに「過ごす」と「生きる」はちょっと違うのかもしれないと感じるようになりました。

若いとか高齢とかじゃなくって「どう生きるか」が大事なんだなと。

みなさんはどうですか？　毎日を「生きて」いますか？

そんな難しいことじゃなくって、やりたいからやっちゃおう！とか、天気が悪いからやめとこうとか、気分が乗らないから中止とか、思い立ったから行くぞ！とか。死神先生が言った通り、人生は選択の連続です。

この作品と出会ってくれたみなさんも、「死神先生を読んでみよう」という選択をして、そしてこのあとがきまでたどり着いてくれたんです。そんな選択の積み重ねが「生きる」っていうことにつながっていくんじゃないかなと思います。

今までスターツ出版文庫では青春恋愛を書いてきたので、少し雰囲気の違うお話を書くのは大きなチャレンジでもありました。わたしにとって、命にかかわるテーマでお話を書くことはとてもエネルギーを使うことで、たくさん悩んで、たくさん迷って、やっとこうしてみなさんの元へお届けすることができました。

いつも頼りにしている担当編集さん、編集協力さん、素敵な挿画を書いてくださったイラストレーターのとろっちさん、『死神先生』に関わってくださったすべての方に心からの感謝をお伝えします。

この作品が、死神先生が、狭間の教室の生徒たちが、みなさんの心に寄り添っていけますように。

二〇二四年十一月　音はつき

この物語はフィクションです。実在の人物、団体等とは一切関係がありません。

音はつき先生へのファンレターのあて先
〒104-0031　東京都中央区京橋1-3-1　八重洲口大栄ビル7F
スターツ出版（株）書籍編集部 気付
音はつき先生

死神先生

2024年11月28日　初版第1刷発行

著　者　　音はつき　©Hatsuki Oto 2024

発 行 人　菊地修一
デザイン　フォーマット　西村弘美
　　　　　カバー　北國ヤヨイ（ucai）
発 行 所　スターツ出版株式会社
　　　　　〒104-0031
　　　　　東京都中央区京橋1-3-1　八重洲口大栄ビル7F
　　　　　TEL　03-6202-0386（出版マーケティンググループ）
　　　　　TEL　050-5538-5679（書店様向けご注文専用ダイヤル）
　　　　　URL　https://starts-pub.jp/
印 刷 所　大日本印刷株式会社

Printed in Japan

ISBN　978-4-8137-1665-5　C0193

僕が恋した、
一瞬をきらめく君に。
音《おと》はつき・著
定価：649円
(本体590円+税10%)
YouTubeで大人気!
「アトラクトライト」
*Luna コラボ小説
青くて脆くて拙い僕に、君が永遠の光をくれた。
サッカー選手になる夢を奪われ、なにもかもを諦めていた樹。転校先の高校でも友達も作らず、ひとりギターを弾くのだけが心落ち着く時間だった。ある日公園で弾き語りをしているのを同級生の咲果に見つかってしまう。かつて歌手になる夢を見ていた咲果と共に曲を作り始めた樹は、彼女の歌声に可能性を感じ、音楽を通した将来を真剣に考えるようになる。だけど咲果には、その夢を追いたくても追えない悲しい秘密があって…。
イラスト/ おむたつ
ISBN978-4-8137-1041-7
YouTubeの視聴はこちら

スターツ出版文庫　好評発売中!!

『余命一年　一生分の幸せな恋』

「次の試合に勝ったら俺と付き合ってほしい」と告白をうけた余命わずかの郁（『きみと終わらない夏を永遠に』 miNato）、余命を隠し文通を続ける楓香（『君まで1150キロメートル』永良サチ）、幼いころから生きることを諦めている梨乃（『君とともに生きていく』望月くらげ）、幼馴染と最期の約束を叶えたい美織（『余命三か月、「世界から私が消えた後」を紡ぐ』湊 祥）、──余命を抱えた４人の少女が最期の時を迎えるまで。余命わずか、一生に一度の恋に涙する、感動の短編集。

ISBN978-4-8137-1653-2／定価770円（本体700円+税10%）

『世界のはじまる音がした』　菊川《きくかわ》あすか・著

「あたしのために歌って！」周りを気にしてばかりの地味女子・美羽の日常は、自由気ままな孤高女子・楓の一言で一変する。半ば強引に始まったのは、“歌ってみた動画”の投稿。歌が得意な美羽、イラストが得意な楓、二人で動画を作ってバズらせようという。自分とは正反対に意志が強く、自由な楓に最初こそ困惑し、戸惑う美羽だったが、ずっと隠していた“歌が好きな本当の自分”を肯定し、救ってくれたのもそんな彼女だった。しかし、楓にはあるつらい秘密があって…。「今度は私が君を救うから！」美羽は新たな一歩を踏み出す──。

ISBN978-4-8137-1654-9／定価737円（本体670円+税10%）

『妹の身代わり生贄花嫁は、10回目の人生で鬼に溺愛される』　編乃《あみの》 肌《はだ》・著

巫女の能力に恵まれず、双子の妹・美恵から虐げられてきた千幸。唯一もつ「回帰」という黄泉《よみ》がえりの能力のせいで、９回も不幸な死を繰り返していた。そして10回目の人生、村きっての巫女である美恵の身代わりに恐ろしい鬼の生贄に選ばれてしまう。しかし現れたのは“あやかしの王”と謳われる美しい鬼のミコトだった。「お前は運命の──たったひとりの俺の花嫁だ」美恵の身代わりに死ぬ運命だったはずなのに、美恵が嫉妬に狂うほどの愛と幸せを千幸はミコトから教えてもらい──。

ISBN978-4-8137-1655-6／定価704円（本体640円+税10%）

『初めてお目にかかります旦那様、離縁いたしましょう』　朝比奈希夜《あさひなきよ》・著

その赤い瞳から忌み嫌われた少女・彩葉には政略結婚から一年、一度も会っていない夫がいる。冷酷非道と噂の軍人・惣一である。自分が居ても迷惑だから、と身を引くつもりで離縁を決意していた彩葉。しかし、長期の任務から帰還し、ようやく会えた惣一はこの上ない美しさを持つ男で…。「私は離縁する気などない」と惣一は離縁拒否どころか、彩葉に優しく寄り添ってくれる。戸惑う彩葉だったが、実は惣一には愛ゆえに彩葉を遠ざけざる“ある事情”があった。「私はお前を愛している」離婚宣言から始まる和風シンデレラ物語。

ISBN978-4-8137-1656-3／定価737円（本体670円+税10%）

スターツ出版文庫　好評発売中!!

『青い月の下、君と二度目のさよならを』　いぬじゅん・著

『青い光のなかで手を握り合えば、永遠のしあわせがふたりに訪れる』――幼いころに絵本で読んだ『青い月の伝説』を信じている、高校生の実月。ある日、空に青い月を見つけた実月は、黒猫に導かれるまま旧校舎に足を踏み入れ、生徒の幽霊と出会う。その出来事をきっかけに実月は、様々な幽霊の“思い残し”を解消する『使者』を担うことに。密かに想いを寄せる幼なじみの碧人と一緒に役割をまっとうしていくが、やがて、碧人と美月に関わる哀しい秘密が明らかになって――？ラスト、切なくも温かい奇跡に涙する！

ISBN978-4-8137-1640-2／定価759円（本体690円+税10%）

『きみと真夜中をぬけて』　雨《あめ》・著

人間関係が上手くいかず不登校になった蘭。真夜中の公園に行くのが日課で、そこにいる間だけは“大丈夫”と自分を無理やり肯定できた。ある日、その真夜中の公園で高校生の綺に突然声を掛けられる。「話をしに来たんだ。とりあえず、俺と友達になる？」始めは鬱陶しく思っていた蘭だけど、日を重ねるにつれて二人は仲を深め、蘭は毎日を本当の意味で“大丈夫”だと愛しく感じるようになり――。悩んで、苦しくて、かっこ悪いことだってある日々の中で、ちょっとしたきっかけで前を向いて生きる姿に勇気が貰える青春小説。

ISBN978-4-8137-1642-6／定価792円（本体720円+税10%）

『49日間、君がくれた奇跡』　晴虹《はるな》・著

高校でイジメられていたゆりは、耐えきれずに自殺を選び飛び降りた…はずだった。でも、目覚めたら別人・美樹の姿で、49日前にタイムスリップしていて…。美樹が通う学校の屋上で、太陽のように前向きな隼人と出逢い、救われていく。明るく友達の多い美樹として生きるうちに、ゆりは人生をやり直したい…と思うように。隼人への想いも増していく一方で、刻々と49日のタイムリミットは近づいてきて…。惹かれあうふたりの感動のラストに号泣！

ISBN978-4-8137-1641-9／定価759円（本体690円+税10%）

『妹に虐げられた無能な姉と鬼の若殿の運命の契り』　小谷《こたに》 杏子《きょうこ》・著

幼い頃から人ならざるものが視え気味悪がられていた藍。17歳の時、唯一味方だった母親が死んだ。『あなたは、鬼の子供なの』という言葉を残して――。父親がいる隠り世に行く事になった藍だったが、鬼の義妹と比べられ「無能」と虐げられる毎日。そんな時「今日からお前は俺の花嫁だ」と切れ長の瞳が美しい鬼一族の次期当主、黒夜清雅に見初められる。半妖の自分に価値なんてないと、戸惑う藍だったが「一生をかけてお前を愛する」清雅から注がれる言葉に嘘はなかった。半妖の少女が本当の愛を知るまでの物語。

ISBN978-4-8137-1643-3／定価737円（本体670円+税10%）

スターツ出版文庫　好評発売中!!

『追放令嬢からの手紙～かつて愛していた皆さまへ　私のことなどお忘れですか?～』　マチバリ・著

「お元気にしておられますか？」――ある男爵令嬢を虐げた罪で、王太子から婚約破棄され国を追われた公爵令嬢のリーナ。5年後、平穏な日々を過ごす王太子の元にリーナから手紙が届く。過去の悪行を忘れたかのような文面に王太子は憤るが…。時を同じくして王太子妃となった男爵令嬢、親友だった伯爵令嬢、王太子の護衛騎士にも手紙が届く。怯え、蔑み、喜び…思惑は違えど、手紙を機に彼らはリーナの行方を探し始める。しかし誰も知らなかった。それが崩壊の始まりだということを――。極上の大逆転ファンタジー。

ISBN978-4-8137-1644-0／定価759円（本体690円+税10%）

『#嘘つきな私を終わりにする日』　此見《このみ》えこ・著

クラスでは地味な高校生の紗倉は、SNSでは自分を偽り、可愛いインフルエンサーを演じる日々を送っていた。ある日、そのアカウントがクラスの人気者男子・真野にバレてしまう。紗倉は秘密にしてもらう代わりに、SNSの“ある活動”に協力させられることに。一緒に過ごすうち、真野の前ではありのままの自分でいられることに気づく。「俺は、そのままの紗倉がいい」SNSの自分も地味な自分も、まるごと肯定してくれる真野の言葉に紗倉は救われる。一方で、実は彼がSNSの辛い過去を抱えていると知り――。

ISBN978-4-8137-1627-3／定価726円（本体660円+税10%）

『てのひらを、ぎゅっと。』　逢優《あゆ》・著

彼氏の光希と幸せな日々を過ごしていた中３の心優は、突然病に襲われ、余命３ヶ月と宣告される。そんな中で迎えた２人の１年記念日、光希の幸せを考えた心優は「好きな人ができた」と嘘をついて別れを告げるものの、彼を忘れられずにいた。一方、突然別れを告げられた光希は、ショックを受けながらも、なんとか次の恋に進もうとする。互いの幸せを願ってすれ違う２人だけど…？命の大切さ、家族や友人との絆の大切さを教えてくれる感動の大ヒット作！

ISBN978-4-8137-1628-0／定価781円（本体710円+税10%）

『愛を知らぬ令嬢と天狐様の政略結婚二～幸せな二人の未来～』　クレハ・著

名家・華宮の当主であり、伝説のあやかし・天狐を宿す青葉の花嫁となった真白。幸せな毎日を過ごしていた二人の前に、青葉と同じくあやかしを宿す鬼神の宿主・浅葱が現れる。真白と親し気に話す浅葱に嫉妬する青葉だが、浅葱にはある秘密と企みがあった。二人に不穏な影が迫るが、青葉の真白への愛は何があっても揺るがず――。特別であるがゆえに孤高の青葉、そして花嫁である真白。唯一無二の二人の物語がついに完結！

ISBN978-4-8137-1629-7／定価704円（本体640円+税10%）

スターツ出版文庫　好評発売中!!

『余命わずかな花嫁は龍の軍神に愛される』　一ノ瀬亜子《いちのせあこ》・著

帝都の華族・巴家当主の妾の子として生まれてきた咲良は義母に疎まれ、ふたりの義姉には虐げられ、下女以下の生活を強いられていた。ある日、人気のない庭園で幼いころに母から教わった唄を歌っていると「――貴女の名を教えてくれないか」と左眼の淡い桜色の瞳が美しい龍の軍神・小鳥遊千桜に声をかけられる。千桜は咲良にかけられた“ある呪い”を龍神の力で見抜くと同時に「もう俯く必要はない。俺のもとに来い」と突然婚約を申し込み――⁉余命わずかな少女が龍神さまと永遠の愛を誓うまでの物語。

ISBN978-4-8137-1603-7／定価726円（本体660円+税10%）

『大嫌いな世界にさよならを』　音《おと》はつき・著

高校生の絃は、数年前から他人の頭上にあるマークが見えるようになる。嫌なことがあるとマークが点灯し「消えたい」という願いがわかるのだ。過去にその能力のせいで友人に拒絶され、他人と関わることが億劫になっていた絃。そんなある時、マークが全く見えないクラスメイト・佳乃に出会う。常にポジティブな佳乃をはじめは疑っていたけれど、一緒に過ごすうち、絃は人と向き合うことに少しずつ前向きになっていく。しかし、彼女は実は悲しい秘密を抱えていて…。生きることにまっすぐなふたりが紡ぐ、感動の物語。

ISBN978-4-8137-1588-7／定価737円（本体670円+税10%）

『余命半年の君に僕ができること』　日野祐希《ひのゆうき》・著

絵本作家になる夢を諦め、代り映えのない日々を送る友翔の学校に、転校生の七海がやってきた。七海は絵本作家である友翔の祖父の大ファンで、いつか自分でも絵本を書きたいと考えていた。そんな時、友翔が過去に絵本を書いていたこと知った七海に絵本作りに誘われる。初めは断る友翔だったが、一生懸命に夢を追う七海の姿に惹かれていく。しかし、七海の余命が半年だと知った友翔は「七海との夢を絶対に諦めない」と決意して――。夢を諦めた友翔と夢を追う七海。同じ夢をもった正反対なふたりの恋物語。

ISBN978-4-8137-1587-0／定価715円（本体650円+税10%）

『鬼の花嫁　新婚編四～もうひとりの鬼～』　クレハ・著

あやかしの本能を失った玲夜だったが、柚子への溺愛っぷりは一向に衰える気配がない。しかしそんなある日、柚子は友人・芽衣から玲夜の浮気現場を目撃したと伝えられる。驚き慌てる柚子だったが、その証拠写真に写っていたのは玲夜にそっくりな別の鬼のあやかしだった。その男はある理由から鬼龍院への復讐を誓っていて…⁉花嫁である柚子を攫おうと襲い迫るが、玲夜は「柚子は俺のものだ。この先も一生な」と柚子を守り…。あやかしと人間の和風恋愛ファンタジー第四弾‼

ISBN978-4-8137-1589-4／定価671円（本体610円+税10%）

書店店頭にご希望の本がない場合は、書店にてご注文いただけます。